dtv

Reihe Hanser

Matze möchte das neue Mädchen im Ort beeindrucken, und dafür muss er ganz schnell berühmt werden. Das ist aber gar nicht so einfach. Doch dann kommt ihm eine fantastische Idee: Er wird das preisgekrönte Huhn des Bürgermeisters retten! Dafür muss dieses allerdings erst einmal verschwinden. Also bittet Matze seine Freunde Laura und Bruno um Hilfe, und gemeinsam machen sie sich ans Werk.
Eine Geschichte voller Mut und Fantasie.

Håkon Øvreås studierte Literaturwissenschaft und schreibt Lyrik. Sein Kinderbuch-Debüt »Super-Bruno« wurde mit dem Staatspreis des norwegischen Kulturministeriums und in Deutschland mit dem LUCHS des Jahres ausgezeichnet.

Øyvind Torseter studierte Kunst und Grafikdesign und lebt in Oslo. Er wurde mit zahlreichen Preisen ausgezeichnet und war mehrfach für den Deutschen Jugendliteraturpreis nominiert.

Håkon Øvreås

Super MATZE

Aus dem Norwegischen von Angelika Kutsch

Mit Illustrationen von Øyvind Torseter

dtv

Ausführliche Informationen über
unsere Autoren und Bücher
www.dtv.de

Die deutsche Ausgabe wurde finanziell gefördert
durch NORLA

MIX
Papier aus verantwortungsvollen Quellen
FSC® C019821

2018 dtv Verlagsgesellschaft mbH & Co. KG, München

Titel der Originalausgabe: ›Svartle‹
(Gyldendal Norsk Forlag AS – Gyldendal Barn & Ungdom)

Umschlag: Stefanie Schelleis, München, nach einem Entwurf von
Øvind Torseter
Gesamtherstellung: Druckerei C.H.Beck, Nördlingen
Gedruckt auf säurefreiem, chlorfrei gebleichtem Papier
Printed in Germany · ISBN 978-3-423-62689-7

Papa räumte gerade die Garage auf und hatte Matze vier Tüten voller Pfandflaschen geschenkt. Das Pfandgeld dafür durfte Matze behalten.

Es war Samstagmorgen, und auf dem Weg zum Laden dachte Matze darüber nach, welche Süßigkeiten er sich von dem Geld kaufen wollte.

Die Tüten waren schwer und den einen Henkel konnte er nur mit dem kleinen Finger halten. Er musste die Tüten mehrmals absetzen, um sich auszuruhen, ehe er endlich ankam. Seine Hände waren ganz zerdrückt und voller roter Flecken und weißer Streifen.

Der Ladenbesitzer stand vor seinem Laden über einen Stapel Zeitungen gebeugt und riss gerade die Plastikverpackung auf. Dabei war ihm die Kapuze seines Pullovers über den Kopf gerutscht.

»Jetzt guck dir das Huhn an!«, rief er, als er sich aufrichtete und Matze entdeckte. »Es ist das schönste Huhn des Bürgermeisters!«, sagte er und streifte sich die Kapuze vom Kopf.

Matze kapierte nicht, wovon er redete. Er ging näher und setzte die Tüten mit den Flaschen ab.

Der Ladenbesitzer nahm eine Zeitung in die Hand. Auf der ersten Seite war ein Foto vom Bürgermeister, der ein Huhn auf dem Arm hielt. Der Bürgermeister lächelte und trug eine Goldmedaille um den Hals.

»Jetzt hat er auch noch einen Preis gekriegt!«, rief der Ladenbesitzer. »Ein richtiges preisgekröntes Huhn!«

»Ich will die Pfandflaschen abgeben«, sagte Matze. »Die bringen bestimmt mehr als hundert Kronen.«

»Stell dir vor, du hättest so ein schönes Huhn«, sagte der Ladenbesitzer. »Dann wärst du reich. Der Bürgermeister hat sicher viele Tausend Kronen Preisgeld für das Huhn bekommen!«

»Oha«, sagte Matze.

Der Ladenbesitzer starrte lange auf das Foto in der Zeitung und bewunderte es, ehe er den Stapel im Ständer verteilte.

den Schotter, eine braune Flasche rollte sogar unter das Auto. Matze hob die Flaschen schnell auf und steckte eine nach der anderen in die Tüte zurück. Um die Flasche unter dem Auto hervorzuholen, musste er sich auf den Bauch legen. Als er sich wieder aufrichtete, war die Fensterscheibe heruntergefahren. Drinnen saß ein Mädchen und schaute Matze an.

Matze zuckte zusammen und machte einen Schritt rückwärts. Dabei stolperte er über eine andere Tüte mit Pfandflaschen. Wieder rollten Flaschen über den Schotter. Er sah zu dem Mädchen auf. Sie kaute heftig auf einem Kaugummi und starrte ihn böse an. Ihr langes schwarzes Haar glänzte. Matzes Gesicht wurde ganz heiß, und sein Herz schlug sehr schnell.

»Was suchst du denn da unter unserem Auto?«, fragte das Mädchen.

Matze räusperte sich, sein Mund war furchtbar trocken, und ganz plötzlich wollte ihm seine Stimme nicht mehr gehorchen.

»Kannst du nicht sprechen?«, fragte das Mädchen und verdrehte die Augen.

»Flaschen«, sagte Matze so leise, dass es kaum zu hören war.

Das Mädchen machte eine riesige Blase mit dem Kaugummi.

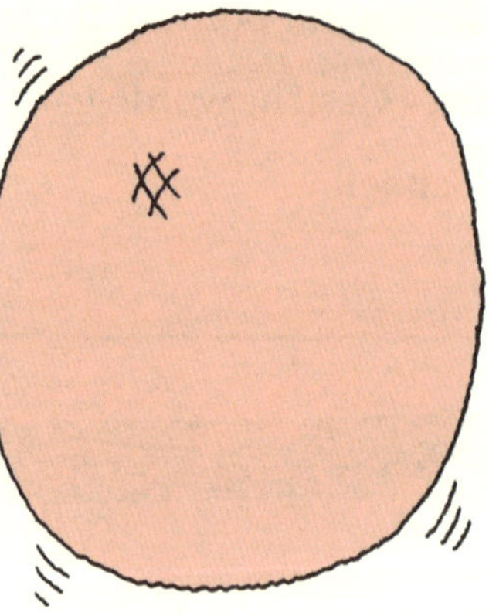

Matze stand da und sah zu, bis die Blase platzte und sich klebrig um Mund und Nase des Mädchens verteilte.

»Was glotzt du so?«, fragte das Mädchen.

Matze guckte schnell weg und begann wieder die Flaschen aufzuheben. Er hörte, wie das Mädchen eine neue Blase machte, die ebenfalls zerplatzte. Als er alle Flaschen eingesammelt hatte, richtete er sich auf.

»Dafür krieg ich mehrere Hundert Kronen«, sagte er.

Das Mädchen schnaubte.

In dem Augenblick kam die Frau wieder aus dem Laden. Sie warf eine Tragetasche voller Lebensmittel auf den Rücksitz und setzte sich hinters Steuer. Langsam schloss sich die Autoscheibe, und das Gesicht des Mädchens verschwand hinter dem schwarzen Glas. Matze sah nur noch sein eigenes Spiegelbild, und kurz darauf sauste das Auto vom Parkplatz.

Der Ladenbesitzer kam heraus und fuhr sich wieder durch die Haare.

Na, dann komm.
Jetzt zählen wir
deine Flaschen.

PIEPEREIT
OBST UND
TABAK

Am nächsten Morgen rief Matzes Mama von unten, dass Laura an der Tür sei. Matze hatte es noch nicht geschafft aufzustehen, zog sich jetzt aber blitzschnell an. Während er die Leiter von seinem Zimmer aus hinunterkletterte, rieb er sich die Augen, sodass er fast von der letzten Sprosse gefallen wäre. Laura saß in der Küche und wartete auf ihn. Als sie sah, wie müde er war, lachte sie so laut, dass Matze ihre Zahnlücken zählen konnte. Von Matzes Mama hatte Laura eine Tasse Kakao bekommen.

METALLICA
AND
JUSTICE
TOUR
MATZE!

»Ich möchte auch Kakao«, sagte Matze.

»Dafür hast du keine Zeit«, sagte Laura. »In die alte Bäckerei sind nämlich Leute eingezogen.«

»Du musst erst etwas essen, bevor du rausgehst«, meinte Matzes Mama.

Plötzlich ertönten merkwürdige, knisternde Geräusche unter dem Tisch. Laura zog eine Tragetasche hervor. Aus der kamen jetzt kleine Piepslaute.

»Ooooh, die machen solchen Krach«, sagte Laura. Sie nahm zwei Walkie-Talkies aus der Tasche und drehte an einem Knopf herum.

»Woher hast du die denn?«, fragte Matze.

»Von meiner Schwester«, sagte Laura. »Aber die sind ziemlich schlecht. Wenn sie weiter so piepsen, verraten sie uns.«

»Darf ich mal ausprobieren?«, fragte Matze.

»Später vielleicht«, antwortete Laura. »Jetzt müssen wir sofort zu Bruno und einen Plan machen.«

»Ich muss nur erst etwas essen«, sagte Matze.

»Aber dafür haben wir keine Zeit«, sagte Laura. »Wir müssen doch spionieren.«

Wenig später standen Matze und Laura vor Brunos Haustür. Matze hatte ein Butterbrot in der Hand, und Laura konnte nicht stillstehen. Bruno band gerade die Schnürsenkel seiner Joggingschuhe zu, als sein Papa den Kopf in den Flur steckte.

»Wir können nicht fliegen«, sagte Bruno. »Wir sind doch keine Superhelden …«

Matze und Laura kicherten, und Brunos Papa sah sie verwundert an.

»Ich meinte laufen«, sagte er.

»Wir wollen spionieren«, sagte Laura und zeigte ihm die Walkie-Talkies. Jetzt piepsten sie nicht mehr.

»Klingt ja aufregend«, sagte Brunos Papa. »Mir fällt gerade ein, was ihr unbedingt zum Spionieren braucht!« Er verschwand. Kurz darauf kam er zurück und hängte Bruno ein Fernglas um den Hals. »Spionieren ohne Fernglas ist fast unmöglich«, sagte er.

»Tausend Dank«, sagte Laura.

Brunos Papa verneigte sich und verschwand.

»Ich hab mindestens zwanzig Ferngläser zu Hause«, sagte Matze zu Laura. »Mein Onkel hat mal in einem Fernglasgeschäft gearbeitet.«

»Vielleicht sollten wir für jeden von uns eins holen«, sagte Laura.

»Nein, das geht nicht«, sagte Matze. »Die sind so selten, die dürfen nicht kaputtgehen.«

»Wen wollen wir denn ausspionieren?«, fragte Bruno.

»Das müssen wir noch herausfinden«, sagte Laura.

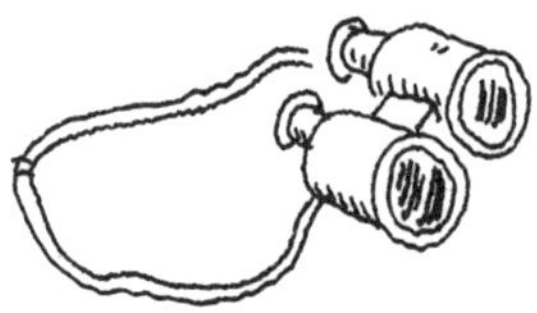

Der Hügel war voller gelber Blätter, die den Weg durch den Wald erleuchteten. Die drei waren unterwegs zum höchsten Punkt, der über der alten Bäckerei lag. Matze hatte einen langen Stock gefunden, mit dem er Fechten spielte. Bruno schaute im Gehen durch das Fernglas.

»Mama hat gesagt, vor der Bäckerei steht ein Umzugsauto«, sagte Laura. »Mit einem Klavier drin.«

»Wozu braucht man ein Klavier in einer Bäckerei?«, fragte Matze.

»Die haben aus der Bäckerei eine Wohnung gemacht, ist doch klar«, sagte Laura. »Jetzt ziehen da Menschen ein.«

»Na und, das sind Menschen wie wir«, sagte Bruno. »An denen ist doch nichts Besonderes.«

»Nein, aber ich will Privatdetektivin werden, wenn ich groß bin«, sagte Laura. »Deswegen muss ich Spionieren üben. Und ausspionieren kann man nur Unbekannte.«

»Mein Großvater war im Krieg Spion«, sagte Matze.

»Der Feind hat ihn gefangen genommen, und er musste durch ein Kloabflussrohr fliehen.«

»Igitt«, sagte Laura. »So eine Spionin will ich aber nicht werden.«

Kurz bevor sie ihr Ziel erreichten, blieben sie zwischen den Bäumen stehen. Die alte Bäckerei sah wie ein riesiger Legostein aus.

Laura brach einen Zweig von einer Tanne und steckte ihn Bruno ins Haar.

»Was soll das?«, fragte er.

»Wir dürfen nicht riskieren, dass uns jemand sieht«, sagte Laura und steckte noch einen Zweig in seinen Pullover.

»He, das kratzt!«, sagte Bruno.

»Stell dich nicht so an«, sagte Laura. »Meinst du, Matzes Großvater hätte gejammert, weil es ein bisschen kratzt?« Sie lächelte Matze an, und er steckte sich einen langen Zweig in sein T-Shirt, der sich wie ein Schirm über seinen Kopf erhob.

»Okay, es kratzt ja nur ein bisschen«, sagte Bruno.

Sie legten sich an den Hügelrand oberhalb der Bäckerei. Der Boden war nass, und Matze fühlte, wie das Wasser durch seine Sachen drang. Knie und Arme wurden feucht.

Es sah aus, als wären innerhalb weniger Minuten drei neue Büsche an dem Abhang gewachsen, und aus dem einen Busch ragte ein Fernglas. Bruno schaute als Erster hindurch. Die Tür zur Bäckerei war geschlossen.

»Kannst du was sehen?«, fragte Laura und zog am Fernglasriemen.

»Gemütlich wirkt das nicht«, sagte Bruno. »Ich seh nur einen Haufen Kartons.«

»Da wohnen bestimmt Diebe«, sagte Matze. »Ich hab mal gehört, die wollen es zu Hause gar nicht gemütlich haben. Falls sie mal ins Gefängnis kommen, haben sie dann nicht solche Sehnsucht nach ihrer Wohnung.«

»So was Komisches hab ich noch nie gehört«, sagte Laura. »Jeder möchte es doch gemütlich haben.«

»Vielleicht sind es Vampire«, sagte Bruno.

»Vampire?« Laura lachte. »Das ist ja noch ulkiger als Diebe.«

»Wenn sie nämlich Vampire sind, brauchen sie keine Gemütlichkeit«, sagte Bruno. »Die sind nur nachts wach und denken an nichts anderes als Blut.«

»Eine Vampirfamilie?«, sagte Laura. »Das ist ja wie in den blöden Filmen, die meine Schwester sich immer anguckt. Die mag ich überhaupt nicht.«

»Trotzdem müssen wir damit rechnen, dass es Vampire sein könnten«, sagte Bruno.

»Wenn das wirklich Vampire sind, hab ich aber keine Lust, sie besonders lange auszuspionieren«, sagte Laura. »Vampire sind nur was für Babys.«

DIE SKANDALE IN DEINER STADT!

Hulebak Zeitung

PREISTRÄGER MIT SCHNABEL

Der Bürgermeister braucht sich in nächster Zukunft nicht mit fremden Federn zu schmücken. Am Freitag hat er nämlich auf der jährlichen Landesausstellung Gold für sein Huhn eingeheimst. »Ich bin stolz wie ein Hahn!«, sagt der überglückliche Bürgermeister.

PIEPEREIT OBST UND TABAK

AUSVERKAUF! AUSVERKAUF! MARKISEN -50 %

IN UNTERHOSEN ZUR ARBEIT

»Ich hab verschlafen und vergessen, die Hose anzuziehen«, sagt Gunnar Haugen (78).

IM TAXI NACH SCHWEDEN, UM PIZZA ZU KAUFEN

»Ich hatte einen Riesenhunger«, sagt Terje Krokestad (55).

BACON MACHT DICH SCHLAU!

»Wollen Sie nicht die Flaschen zählen?«, fragte Matze.

»Klar, mach ich«, sagte der Ladenbesitzer.

In dem Augenblick hielt ein schwarzes Auto auf dem Parkplatz. Aus dem Auto stieg eine Frau. Sie trug einen roten Rock und Schuhe mit hohen Absätzen. Ohne Matze und den Ladenbesitzer zu beachten, marschierte sie in den Laden.

Das Auto hatte dunkle Scheiben. Matze konnte nicht erkennen, ob jemand im Auto saß.

Die Frau kam gleich darauf wieder aus dem Laden. »Ist hier niemand?«, fragte sie.

»Doch, doch!«, sagte der Ladenbesitzer. Er fuhr sich mit einer Hand durchs Haar und vergewisserte sich, dass es richtig lag, bevor er der Frau in den Laden folgte.

Matze versuchte, die Flaschen hineinzutragen, aber an einer Tüte riss der Henkel ab. Die Flaschen kullerten über

Der Ladenbesitzer stand vor seinem Laden über einen Stapel Zeitungen gebeugt und riss gerade die Plastikverpackung auf. Dabei war ihm die Kapuze seines Pullovers über den Kopf gerutscht.

»Jetzt guck dir das Huhn an!«, rief er, als er sich aufrichtete und Matze entdeckte. »Es ist das schönste Huhn des Bürgermeisters!«, sagte er und streifte sich die Kapuze vom Kopf.

Matze kapierte nicht, wovon er redete. Er ging näher und setzte die Tüten mit den Flaschen ab.

Der Ladenbesitzer nahm eine Zeitung in die Hand. Auf der ersten Seite war ein Foto vom Bürgermeister, der ein Huhn auf dem Arm hielt. Der Bürgermeister lächelte und trug eine Goldmedaille um den Hals.

»Jetzt hat er auch noch einen Preis gekriegt!«, rief der Ladenbesitzer. »Ein richtiges preisgekröntes Huhn!«

»Ich will die Pfandflaschen abgeben«, sagte Matze. »Die bringen bestimmt mehr als hundert Kronen.«

»Stell dir vor, du hättest so ein schönes Huhn«, sagte der Ladenbesitzer. »Dann wärst du reich. Der Bürgermeister hat sicher viele Tausend Kronen Preisgeld für das Huhn bekommen!«

»Oha«, sagte Matze.

Der Ladenbesitzer starrte lange auf das Foto in der Zeitung und bewunderte es, ehe er den Stapel im Ständer verteilte.

Jetzt war Matze an der Reihe, durch das Fernglas zu gucken.

Er sah große dunkle Fabrikfenster. Manche waren von innen mit Packpapier abgeklebt. Er meinte, drinnen ein Licht zu sehen, ein kleines flackerndes Licht, war sich jedoch nicht sicher. Vor einem der Fenster waren viele Pappkartons aufgestapelt.

»Wir müssen unbedingt rauskriegen, ob das Vampire sind«, sagte Laura. »Dann können wir die Stadtverwaltung warnen.«

Matze drehte das Fernglas um und spähte durch die großen Linsen. Die alte Bäckerei wurde klitzeklein. Als wäre sie weit, weit entfernt.

Am Waldrand war es still, über den Himmel zogen dunkle Wolken, und die Baumwipfel hinter dem Gebäude begannen sich im Wind zu wiegen. Plötzlich ertönte ein knirschendes Geräusch von der Bäckerei her.

»Guckt mal!«, platzte Matze heraus. Er zeigte auf das Garagentor, während er das Fernglas schnell wieder umdrehte. Langsam öffnete sich das Tor.

»Psst«, machte Laura. »Du darfst nicht so laut reden.«

Ein schwarzes Auto rollte aus der Garage. Die Scheiben

waren dunkel. Als das Auto davongefahren war, schloss sich das Tor automatisch.

»Was für ein geheimnisvolles Auto«, sagte Bruno.

»Ich glaub nicht, dass sie uns entdeckt haben«, sagte Laura.

»Vielleicht sind es Spione, wenn die so ein seltsames Auto fahren«, sagte Bruno.

»Aber *wir* sind die Spione«, sagte Matze. »Was spionieren denn *die* dann aus?«

»Vielleicht die Stadtverwaltung«, sagte Laura. »Da arbeitet meine Mama. Dort gibt es viele Geheimnisse im Keller.«

»Wenn es Spione sind, müssen wir die Polizei rufen«, sagte Bruno.

»Als mein Großvater Spion war, hat er dem Feind einmal alle Straßenkarten geklaut«, sagte Matze. »Damit der Feind sich verfährt. Der ist in den Bergen statt am Meer gelandet. Und ein anderes Mal hat er ihm einen Haufen Dynamit geklaut und es den Guten gegeben.«

»Das ist doch total verrückt«, sagte Laura.

Es hatte angefangen zu nieseln, kleine Tropfen trafen Matze im Gesicht. Er gab das Fernglas an Bruno zurück. Während Bruno die dunklen Fenster studierte, nahm der Regen zu. Matze bekam eine Gänsehaut und richtete sich auf.

»Was machst du da?«, rief Laura. »Jetzt können sie dich doch sehen!«

»Die sind doch weggefahren«, sagte Matze.

»So geht das nicht«, sagte Laura. »Vielleicht ist ja noch jemand im Haus. Wir müssen uns von hinten anschleichen und rauskriegen, ob jemand da ist.« Sie setzte sich auf, und Bruno tat es ihr nach.

Matze fühlte, wie nass er geworden war, und die Tannennadeln kratzten immer mehr. »Ich kann hier Wache halten«, sagte er. »Falls sie abhauen.«

»Wir beide können ja gehen«, sagte Bruno zu Laura.

Sie holte die Walkie-Talkies hervor und gab eins Matze. »Wenn du was sagen willst, musst du auf diesen Knopf drücken.«

Matze blieb im Gras liegen, während Laura und Bruno an der Rückseite des Hauses entlangschlichen. Die Tannennadeln piesackten ihn. Er warf einige Zweige weg. Aber der große Zweig steckte in seinem T-Shirt fest. Matze stand auf und zerrte an dem Zweig, der ihm den Rücken daraufhin nur noch mehr zerkratzte. In dem Augenblick piepste sein Walkie-Talkie. Schnell drückte er auf den Knopf, den Laura ihm gezeigt hatte, aber das half nichts. Matze drückte auf alle Knöpfe, die er fand. Die lauten Geräusche taten in seinen Ohren weh. Nur langsam wurden sie schwächer, bis es plötzlich wieder still war. Matze schaute nach den anderen beiden. Unten neben der Bäckerei stand plötzlich ein Mädchen. Matze zuckte zusammen. Woher war sie gekommen? Rasch versteckte er sich hinter den Tannenzweigen. Vielleicht war es ja ein Vampirmädchen.

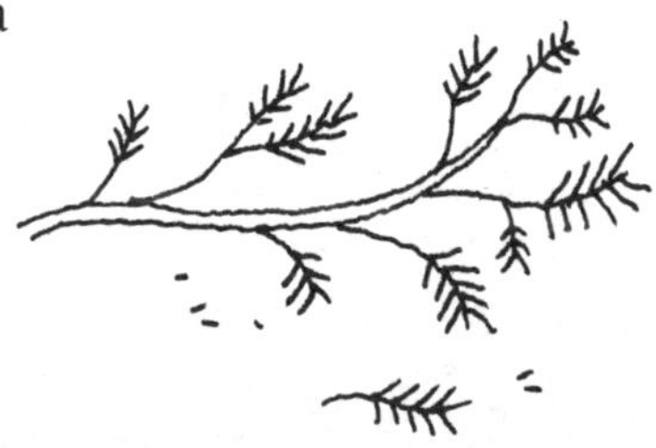

Wollt ihr spionieren?

Matze antwortete nicht. Er traute sich nicht, auch nur einen Mucks von sich zu geben.

»Du brauchst nicht so zu tun, als wärst du ein Baum«, rief das Mädchen. »Ich hab dich schon gesehen! Komm da mal runter.«

Vorsichtig schob Matze die Zweige beiseite.

»Spionieren ist doch kindisch«, rief das Mädchen.

Matze sah sie genauer an. Es war das Mädchen aus dem Auto vor dem Laden. Das Herz in seiner Brust machte einen Hüpfer.

Er räusperte sich. »Wir wollten nur prüfen, ob ihr tot seid«, rief er zurück und rutschte langsam den Abhang hinunter.

»Tot?«

»Ja, Menschen, die nicht mehr leben.«

»Warum sollten wir nicht mehr leben?«

»Oder die nur nachts leben. Es gibt ja welche, die kein Tageslicht ertragen«, sagte Matze.

Das Mädchen lachte laut. »Habt ihr geglaubt, ich bin ein Vampir? Haha!«

»Natürlich nicht«, sagte Matze. »Ich mach bloß Spaß.«

Das Mädchen lachte noch mehr. »Ist es nicht gefährlich, Vampiren nachzuspionieren?«

»Bist du einer?«, fragte Matze.

Das Mädchen konnte gar nicht aufhören zu lachen.

»In den USA gibt es wirklich Vampire«, sagte Matze. »Ein Freund von meinem Papa musste mal gegen drei Vampire kämpfen, in einem Hamburger-Restaurant. Zum Glück hat er herausgefunden, dass sie kein Tomatenketchup vertragen.«

Jetzt bog sich das Mädchen vor Lachen, und nun musste auch Matze lachen. Er zog sich den letzten Tannenzweig aus dem T-Shirt.

Das Walkie-Talkie piepste wieder, und durch ein mächtiges Geknister war Lauras Stimme zu hören.

»Bruno und Laura an Matze«, sagte sie. »Wir sind um das ganze Haus herumgegangen, kein Mensch zu sehen, aber die haben ziemlich komische Möbel. Over!«

Matze drückte auf alle Knöpfe, die er fand, um das Walkie-Talkie abzuschalten. Als er wieder aufschaute, war das Mädchen plötzlich ernst geworden.

»Hört auf zu spionieren«, sagte sie. »Das ist doch kindisch und außerdem verboten.« Damit drehte sie sich um und ging in die alte Bäckerei. Die Tür knallte zu und Matze blieb allein zurück.

Kurze Zeit später kamen Bruno und Laura wie zwei wandernde Büsche um die Hausecke.

»Solltest du nicht Wache halten?«, fragte Laura. Sie schaute auf den Tannenzweig neben Matze.

»Hinter dem Haus liegt ein Haufen Müll«, sagte Bruno. »Nicht zu erkennen, ob das Vampir-Müll ist.«

»Die haben einen Zahnarztstuhl«, sagte Laura. »Bruno hat ihn gesehen.«

»Vielleicht sollten wir lieber was anderes machen«, sagte Matze. »Wollen wir an unserer Hütte weiterbauen?«

»Du solltest doch Wache halten«, wiederholte Laura.

»Übrigens glaube ich, dass Spionieren verboten ist«, sagte Matze und gab Laura das Walkie-Talkie zurück. »Ich finde, wir hören lieber auf, bevor sie uns erwischen.«

Während sie zum Waldrand zurückgingen, befreiten sich Bruno und Laura von den Tannenzweigen. Matze drehte sich noch einmal um, aber das Mädchen war nicht mehr zu sehen. Die Fenster waren genauso dunkel wie vorher.

»Eigentlich müssten wir sie Tag und Nacht bewachen«, sagte Laura. »Dann könnten sie uns nicht so leicht entkommen.«

Matze schwieg. Die Sonnenstrahlen fielen schräg zwischen den Bäumen hindurch und beleuchteten den Pfad vor ihnen. Das nasse Laub glänzte, und Matze versuchte, über die Sonnenpfützen auf dem Weg zu hüpfen.

An diesem Abend konnte Matze nicht einschlafen. Er starrte zur Decke. Es war dunkel, nur die Straßenlaterne vorm Haus warf einen Lichtstreifen ins Zimmer. Als es irgendwo im Haus knackte, kam es Matze plötzlich so vor, als hörte er das neue Mädchen lachen, und er richtete sich auf. Er kletterte aus dem Bett und ging zum Fenster. Von hier aus konnte er über die Hausdächer bis zum Kirchturm sehen, der sich vor dem dunklen Himmel abzeichnete. Auf der anderen Seite, dort, wo der Wald begann, lag die alte Bäckerei. Man kann unmöglich bis hierher Gelächter hören, dachte Matze und fühlte, wie ihm ganz warm wurde.

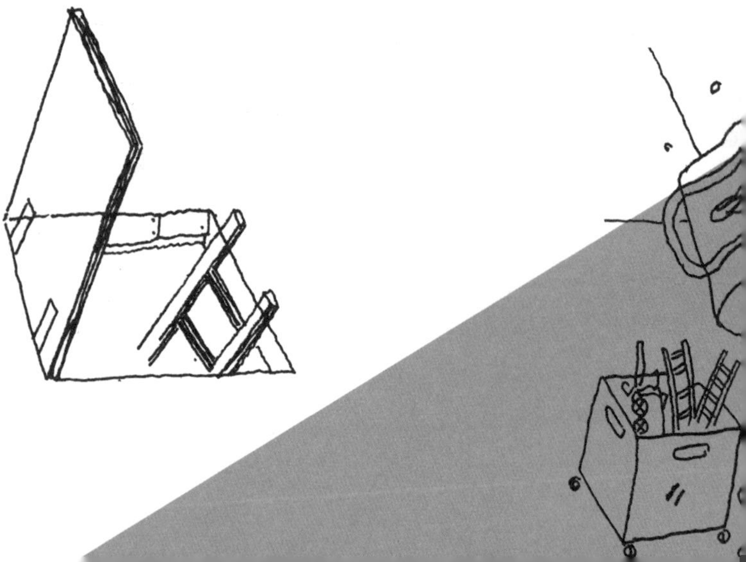

2

Matzes Papa ging über den Hof zur Garage und hatte irgendetwas Komisches auf dem Kopf. Es sah aus wie ein Stapel verbeulter Pappe. Mama saß in der offenen Haustür, und Matze stand neben ihr.

»Ich finde, er sollte nicht so viel Zeit in der Garage verbringen«, sagte Mama.

»Was hast du vor?«, rief Matze seinem Papa zu.

Sein Papa winkte den beiden.

»Er sollte lieber dein Zimmer endlich fertig machen!«, sagte Mama und rollte wieder ins Haus.

Matze zog Schuhe an und lief nach draußen.

Sein Papa stand mitten in der Garage. Er hatte aufgeräumt und seine Gitarren an der einen Wand aufgehängt.

Darunter standen Verstärker, ein altes grünes Sofa und eine braune Orgel. Gerade nagelte er Pappe an die Wände. Es waren solche großen Behälter, in denen man Eier verkaufte, das hatte Matze im Laden gesehen.

»Wofür brauchst du denn Eier an der Wand?«, fragte Matze.

»Wird doch toll, oder?«, sagte Papa mit zusammengepressten Lippen, zwischen denen er die Nägel festgeklemmt hatte. »Da sollen keine Eier rein, das soll den Lärm dämpfen, wenn man spielt.«

»Funktioniert das?«, fragte Matze.

FENDER
Marshall
GURKE

ASCHMUCK

»Ich hab einen ganzen Stapel Eierkartons vom Bürgermeister bekommen«, sagte Papa. »Er hat doch so viele Hühner. Hast du das Foto von seinem preisgekrönten Huhn in der Zeitung gesehen?«

Matze nickte.

»Ich hab Großmutter besucht, und der Bürgermeister wohnt ja im Nachbarhaus.«

»Mag Großmutter Hühner?«, fragte Matze.

»Das kann ich mir kaum vorstellen.« Papa lachte. Er schlug einen weiteren Nagel ein.

Neben den Gitarren hatte Papa ein Plakat aufgehängt. Matze hatte es schon einmal gesehen. Es war ein Bild von Papa mit drei anderen Männern, ihre Haare waren sehr lang. Das Foto stammte aus vergangenen Zeiten, als Papa in einer Band gespielt hatte. Auf dem Plakat stand *Die Sauren Gurken*. So hieß die Band. Matze musste jedes Mal lachen, wenn er den verrückten Namen las.

»Warum spielst du nicht mehr in einer Band?«

»Ich will wieder anfangen«, sagte Papa. »Wenn die Jungs aus den USA zurückkommen, spielen wir wieder, und dann werden wir berühmt, vielleicht sogar weltberühmt. Wäre doch klasse, nicht?«

DIE SAUREN GURKEN
IN CONCERT IM GEMEINDEHAUS HULEBAK

Matze nickte.

»Wir werden stinkreich«, fuhr Papa fort. »Dann machen wir eine Welttournee und besuchen Ägypten, Indien, Japan und alle möglichen Orte. Du darfst auch mit!«

»Dauert das noch lange?«, fragte Matze.

»Sobald die Jungs aus den USA nach Hause kommen.«

»Dann könnt ihr aber nicht mehr *Die Sauren Gurken* heißen«, sagte Matze. »Im Ausland klingt das bestimmt blöd.«

Papa lächelte und schlug noch einen Nagel ein.

Vor dem Laden stand der Lieferwagen mit weit offenen Türen. Als Matze vorbeiging, kam der Ladenbesitzer mit Tüten voller Lebensmittel heraus, die er im Laderaum verstaute. Matze hatte schon öfter gesehen, wie er Großmutter mit dem Auto Waren geliefert hatte.

Der Ladenbesitzer reckte zwei Finger zum Gruß, bevor er die Türen mit einem Knall zuschmiss und vom Parkplatz fuhr. Das Auto zog eine graue Abgaswolke hinter sich her.

Eigentlich wollte Matze Bruno und Laura suchen, aber als er am Laden vorbei war, entschied er sich für einen anderen Weg. Fast ganz wie von selbst war er stattdessen in den Wald gegangen. Mit einem Mal befand er sich auf dem Pfad, der zur Bäckerei führte.

Er hatte nicht die Absicht, weiter zu spionieren. Aber nun war er einmal hier. Also ging er am Waldrand entlang und schaute zur Bäckerei hinunter. Von zwei Fenstern war das Packpapier entfernt worden. Dort hingen jetzt Vorhänge, und auf einem Bord, das über beide Fenster reichte, standen Kakteen in einer Reihe.

Matze stieg den Abhang hinunter. Langsam ging er an dem Haus vorbei. Als die Bäckerei hinter ihm lag, fiel ihm ein, dass er eigentlich den anderen Weg hätte nehmen müssen, um wieder in die Siedlung zu gelangen. Also kehrte er um und kam noch einmal an der Bäckerei vorbei. Matze dachte, dass es eigentlich nicht verboten war, im Wald spazieren zu gehen, und wenn man nicht spionierte, war es auch nicht kindisch. Und so ging er noch einmal langsam an der Bäckerei vorbei und tat so, als hielte er in den Baumwipfeln Ausschau nach Vögeln. Nachdem er einige Male durch den Wald und immer wieder an der

Bäckerei vorbeigegangen war, öffnete sich die Tür. Das Mädchen kam heraus und stemmte die Arme in die Seiten.

»Spionierst du schon wieder?«, fragte sie.

»Ich bin bloß vorbeigekommen«, sagte Matze.

»Hundert Mal?«, sagte das Mädchen.

»Hier gibt es sehr seltene Vögel«, sagte Matze. »Wenn man sie sieht, traut man seinen eigenen Augen kaum.«

»Ach ja?«, sagte das Mädchen, guckte aber nicht zu den Bäumen hinauf.

»Einmal ist ein Professor den ganzen Weg aus Russland gekommen, nur um die seltenen Vögel zu sehen«, sagte Matze. »Aber ich glaube, jetzt sind sie weggeflogen, du hast sie bestimmt verscheucht.«

»Ich glaube, du spionierst doch«, sagte das Mädchen.

»Damit hab ich aufgehört«, sagte Matze. »Ist ja auch kindisch.«

»Und verboten«, sagte das Mädchen.

»Aber es ist nicht verboten, im Wald spazieren zu gehen«, sagte Matze schnell.

»Deine dämlichen Vögel möchte ich mal sehen«, sagte das Mädchen. »Sonst glaub ich, dass du immer noch spionierst.«

Matze drehte sich um und schaute zu den Baumkronen hinauf. Er hatte das Gefühl, als läge ein großer Stein in seinem Magen.

Das Mädchen sah auch nach oben. »Ich denke nämlich –«, begann sie.

Aber da wurde sie von seltsamen Geräuschen unterbrochen. Aus dem Wald ertönten merkwürdige Laute wie von Trompeten. Drei riesige Vögel stiegen auf in den Himmel. Sie hatten lange Hälse und schwebten mit mächtigen Flügelschlägen über die Köpfe der beiden Kinder hinweg.

»Wow«, sagte das Mädchen.

Matze brachte kein Wort heraus. So etwas Seltsames.

Die Vögel verschwanden hinter dem Dach der Bäckerei, und die Trompetenlaute verklangen. Aber Matze stand immer noch da und starrte in den leeren Himmel.

»Wow«, wiederholte das Mädchen. »Du hast nicht gelogen.«

»Äh … natürlich nicht«, sagte Matze. »Ich lüge nie.« Er ging auf das Mädchen zu.

»War das fantastisch!«, sagte das Mädchen. Sie schaute immer noch in die Richtung, aus der die Vögel gekommen waren.

»Wie heißt du eigentlich?«, fragte Matze.

Das Mädchen sah ihn an, antwortete jedoch nicht. Sie zog die Schultern hoch.

»Und wie ist es, in einer Bäckerei zu wohnen?«, fragte Matze weiter.

Das Mädchen antwortete noch immer nicht. Sie ging auf das Haus zu. In der Türöffnung drehte sie sich zu Matze um.

»Kommst du?«

Hinter der Tür stapelten sich überall haufenweise Pappkartons, auf dem Fußboden und entlang der weißen gemauerten Wände. Das Mädchen schlängelte sich zwischen den Kisten hindurch, und Matze musste sich beeilen, seine dreckigen Schuhe auszuziehen, um ihr zu folgen. Sie kamen in einen Raum, in dem Kartons, Lampen und übereinandergestapelte Stühle in einer Ecke standen.

»Mein Zimmer ist da oben.« Das Mädchen zeigte auf eine Leiter.

»Du hast ja auch eine Leiter!«, sagte Matze.

Sie kletterten hinauf in ein kleines Zimmer unterm Dach. An den Wänden hingen Poster von Rockbands, die Jungs hatten alle lange schwarze Haare und sahen stinkwütend aus.

Das Mädchen setzte sich auf einen Stuhl vor ihrem Schreibtisch. Er stand unter dem Fenster, von dem aus man auf den Wald schauen konnte. Auch der Hügel war zu sehen, von dem aus sie spioniert hatten.

»Mein Papa spielt auch in einer Rockband.« Matze zeigte auf die Plakate an der Wand. »Es ist vielleicht die beste Rockband in Norwegen! Er wird also bald sehr berühmt.«

»Das ist doch gar nichts«, sagte das Mädchen. »Meine Mama ist so berühmt, dass sie in den USA nicht auf die Straße gehen kann, weil alle Leute Autogramme von ihr haben wollen.«

»So berühmt?«, sagte Matze.

»Wir wissen noch nicht, wie lange wir hierbleiben können«, sagte das Mädchen. »Vielleicht ist es im Ausland besser. Aber wir haben uns noch nicht entschieden.«

Auf dem Schreibtisch stand eine Stereoanlage. Matze drückte auf *Play*, und Rockmusik dröhnte aus den Lautsprechern. Das Zimmer füllte sich mit Trommelwirbeln, Bässen und Gitarre, und dazu sang eine Frau. Das Mädchen begann im Rhythmus mit dem Kopf zu nicken. Matze nickte auch ein bisschen, aber das fühlte sich so komisch an, dass er gleich wieder aufhörte.

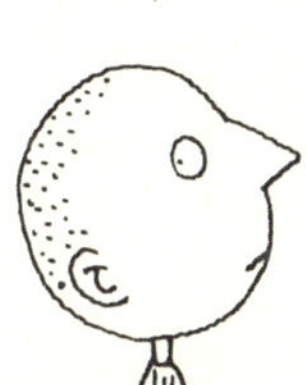

SCHUHE

»Das ist meine Mama, die da singt«, rief das Mädchen durch das Getöse.

»Häh?«, rief Matze zurück.

Das Mädchen stellte die Musik leiser. »Das ist meine Mama, die da singt«, wiederholte sie.

»Warum seid ihr hierhergezogen, wenn ihr doch gar nicht hierbleiben wollt?«, fragte Matze.

Das Mädchen zuckte mit den Schultern.

»Es ist bestimmt cool, in einer Bäckerei zu wohnen«, sagte Matze.

»Meiner Mama gehören so viele Häuser«, sagte das Mädchen. »In Italien besitzen wir ein Schloss, das ist viele Tausend Jahre alt. Wir wollen herausfinden, wo es uns am besten gefällt. Hier können wir nur bleiben, wenn wir berühmte Freunde finden, sonst wird es uns zu langweilig.« Sie stellte die Musik wieder lauter und nickte mit dem Kopf zum Rhythmus.

»Ich heiße übrigens Sandy«, rief sie.

»Ist sie sehr berühmt?«, fragte Matze.

Sandy nickte, aber Matze konnte nicht erkennen, ob das eine Antwort auf seine Frage war oder ob sie nur zur Musik nickte.

»Ich heiß Matze«, sagte Matze. Er war nicht sicher, ob sie es gehört hatte. Später, als sie an der Haustür standen und Matze gehen wollte, wiederholte er es. »Ich heiße Matze«, sagte er.

»Das hast du doch schon mal gesagt«, sagte Sandy.

»Vielleicht sehen wir uns morgen.« Matze setzte sich in Bewegung.

Sandy rief ihm nach: »Ich weiß noch nicht, ob wir da sind, vielleicht muss ich mit Mama nach Australien.«

Als er über den Pfad nach Hause ging, hörte Matze Piepstöne in seinen Ohren, und es kam ihm so vor, als würde die Rockmusik in seinem Bauch weiterhämmern.

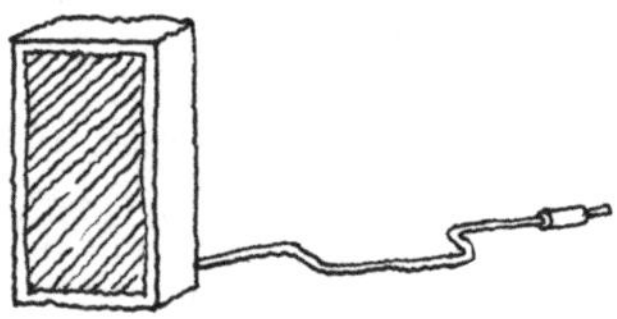

Matze öffnete die Garagentür. Drinnen war es dunkel. Er knipste das Licht an und betrachtete die Gitarren und die Eierkartons, die sein Papa an die Wand genagelt hatte. Er ging zu einer Gitarre, die gegen einen Stuhl gelehnt war, hob sie hoch und setzte sich auf den Stuhl. Er zupfte an den Saiten, und das Instrument gab leise wimmernde Töne von sich. Das hörte sich nicht so cool an wie die Musik bei Sandy. Er probierte es weiter, brachte aber nur dumpfe Laute hervor. Matze seufzte.

»Hast du angefangen, Gitarre zu spielen«, fragte sein Papa. Er stand lächelnd in der Tür.

Matze zuckte mit den Schultern.

»Ich kann es dir beibringen«, sagte Papa. Er ging zu Matze, schaltete mit einem knackenden Geräusch den Verstärker ein, und schon brach der Lärm los, die Gitarre heulte auf. Papa drehte die Lautstärke herunter. Er führte Matzes Finger und zeigte ihm, wie man spielte. »So macht man es«, sagte er.

Matze versuchte die Finger so zu bewegen, wie Papa es ihm gezeigt hatte, aber es hörte sich immer noch genauso komisch an wie vorher, nur viel lauter, aber kein bisschen cool.

»Du musst die Saiten stärker anschlagen«, sagte Papa. »Ja, so!«

Die Töne blieben quietschig. Matze hörte auf zu spielen. »Wie wird man berühmt?«, fragte er.

Papa starrte auf Matzes Finger. »Immer stark anschlagen«, wiederholte er. »Ich zeig's dir.« Er nahm Matze die Gitarre ab und legte sie sich auf die Knie. Dann begann er zu spielen, und plötzlich hörte es sich an, als würde das der Gitarre viel besser gefallen.

Matze dachte, dass er nie so gut Gitarre spielen können würde.

»Weißt du eigentlich, wie man berühmt wird?«, fragte er.

»Berühmt?«, sagte Papa. »Es kommt nicht darauf an, berühmt zu werden. Man muss für die Musik leben, das ist das Wichtigste.« Er begann schneller zu spielen und bewegte sich dabei vor und zurück. »So geht das!«, rief er über die Musik hinweg und nickte mit dem Kopf.

»Werde ich dann berühmt?«, fragte Matze.

Papa schloss die Augen, er war mitten in einem Gitarrensolo, das er mit einem mächtigen Heulen beendete und dann leise ausklingen ließ. »Am wichtigsten ist, dass man Spaß am Spielen hat«, sagte er. »Und man muss eine kleine Show dabei abziehen, so wie die Jungs und ich das gemacht haben, wenn wir aufgetreten sind. Wir hätten wahnsinnig berühmt werden können, wenn wir nur gewollt hätten.«

»Wolltet ihr das denn nicht?«, fragte Matze.

»Auf einem unserer Konzerte war mal der Kronprinz anwesend«, sagte Papa. »Hinterher ist er zu uns gekommen und hat gesagt, dass wir verdammt gut waren. Er wollte, dass wir auf seinem Landsitz für den König spielen.«

»Habt ihr für den König gespielt?«

»Nein, wir hatten keine Lust. Außerdem hatten wir schon die Zugfahrkarten für die Heimreise gekauft.«

»Aber ihr hättet so doch weltberühmt werden können!«, sagte Matze.

»Tja …«, sagte Papa. »Wenn die Jungs nach Hause kommen, rufen wir den Kronprinz vielleicht an.«

»Och, das dauert ja noch so lange«, sagte Matze. »Kann ich auch Gitarre spielen lernen und berühmt werden?«

»Na klar«, antwortete Papa. »Schau mal.« Er ließ die Finger wieder über die Saiten tanzen und erzeugte damit lustige Töne.

»So musst du spielen«, sagte er und schraubte ein wenig am Verstärker. Jetzt klang die Musik noch lauter. »Ist doch echt cool!«, rief er und spielte schneller. »So kannst du berühmt werden.« Er spielte und spielte.

Matze schaute auf Papas Finger, begriff aber nicht, wie er es machte. Die Finger liefen über die Saiten, während Papa die Augen schloss und sich im Rhythmus wiegte.

FENDER

Matze wartete darauf, dass Papa ihm die Gitarre zurückgeben würde, damit er üben konnte. Er stand auf und stellte sich vor ihn hin. Aber Papa schien ihn vergessen zu haben. Er war so tief in den Gitarrenkrach versunken und sah nicht, dass Matze dastand und wartete. Nach einer Weile verließ Matze die Garage. Am Himmel ballten sich die Wolken dicht an dicht, nur hier und da schien die Sonne durch ein Loch und beleuchtete die Erde. Matze fand, dass die Strahlen wie Scheinwerfer auf einer Bühne aussahen. Er hörte Papa drinnen in der Garage spielen. Matze seufzte und ging ins Haus.

R
2001
Marshall

3

Die Hütte von Matze, Laura und Bruno lag oben am Waldrand, gleich hinter dem Haus, in dem Laura wohnte. Sie waren in diesem Sommer mit dem Bauen fertig geworden. Die Hütte war so stabil, dass nicht einmal große Jungs sie abreißen konnten. An der Tür hing ein Schloss, und in der Hütte lagen stapelweise Comics. Laura, Bruno und Matze hatten jeder eine Wand gestrichen: braun, schwarz und blau. An die vierte Wand hatte Laura mehrere Pferdeposter gepinnt, weil sie die nicht mehr in ihrem Zimmer haben wollte. Gerade fingerte sie an einem Walkie-Talkie herum, aber das gab bloß schwache Piepstöne von sich. Matze blätterte in einem Comic. Der handelte von einem Superhelden, der als Reporter getarnt bei einer Zeitung arbeitete.

Hest

»Das Beste wäre, wir würden Tag und Nacht spionieren«, sagte Bruno. »Dann könnten sie uns nicht entwischen.«

»Man kann doch nicht Tag und Nacht wach sein«, sagte Laura. »Dann müssten wir uns mit dem Spionieren abwechseln.«

»Wenn wir schichtweise spionieren, bräuchten wir ein Zelt«, sagte Bruno.

»Gute Idee«, sagte Laura. »Es müsste ein getarntes Zelt sein, so wie sie es beim Militär haben.«

Matze schaute von seinem Comicheft auf. »Mein Cousin hat bestimmt an die zwanzig Militärzelte«, sagte er, aber das tat ihm im selben Augenblick schon wieder leid.

»Ooooh, kannst du dir nicht eins leihen?«, fragte Laura.

»Vielleicht«, sagte Matze. »Oder … ich weiß nicht, ob …«

»Das wäre ein Volltreffer«, sagte Laura.

»Ich kann ja mal fragen …«, begann Matze. »Aber, wie gesagt, ich weiß nicht, ob das Spionieren eine gute Idee ist.«

»Wenn wir das Zelt kriegen, können wir darin übernachten«, sagte Laura.

»Dann sind wir unsichtbar«, sagte Bruno.

»Aber ich kann nicht spionieren«, sagte Matze. Er legte das Comicheft weg. »Das geht nicht mehr.«

Die anderen verstummten. Laura sah Bruno an, aber der schüttelte nur den Kopf.

»Hast du Angst, dass es Vampire sind?«, fragte Laura.

»Nein«, sagte Matze. »Sie ist kein Vampir.«

»Welche *Sie*?«, sagte Laura.

»Sie sind keine Vampire«, verbesserte Matze sich.

»Hast du mit denen geredet?«, fragte Bruno.

»Vielleicht mit einer von denen«, sagte Matze. »Sie heißt Sandy.«

»Wie hast du das denn geschafft?«, fragte Laura.

»Sie ist plötzlich aufgetaucht«, antwortete Matze.

»Vielleicht ist sie in Wirklichkeit ein Gespenst?«, sagte Bruno.

»Nein, nein, sie ist wie ein ganz normales Mädchen aufgetaucht.«

»Du hast alles kaputt gemacht«, sagte Laura.

»War sie nett?«, fragte Bruno.

»Das kann ich mir kaum vorstellen«, sagte Laura.

»Ihre Mama ist wahnsinnig berühmt«, sagte Matze. »Sie ist Rocksängerin.«

»Wow«, sagte Bruno.

»Na und«, sagte Laura. »Es gibt viele Rocksänger, die meisten geben doch bloß an.«

»Ich hab ihre Musik gehört«, sagte Matze.

»Cool!«, sagte Bruno. »Hast du ihre Mama singen gehört?«

»Nur auf der Stereoanlage«, sagte Matze.

»Ich kriege eine Stereoanlage von meiner Schwester«, sagte Laura. »Und dazu kriege ich viel coole Musik von ihr.«

»Und sie muss eine Leiter zu ihrem Zimmer raufklettern«, sagte Matze.

»Genau wie bei dir!«, sagte Bruno.

Laura stand auf und stampfte mit dem Fuß auf.

»Jetzt reicht es!«, rief sie. »Wir wollten doch eine Spion-Besprechung abhalten!«

»Das machen wir ja auch«, sagte Bruno. »Matze hat doch eine Menge nützlicher Informationen für uns.«

»Nein«, sagte Laura. »Die sind nicht nützlich. Er hat alles kaputt gemacht!« Sie lief aus der Hütte und knallte die Tür hinter sich zu.

Matze und Bruno blieben still sitzen und warteten darauf, dass Laura zurückkam. Matze nahm wieder das Comicheft und blätterte ein bisschen darin, las jedoch nicht.

»Wahrscheinlich hab ich alles kaputt gemacht«, sagte er nach einer Weile.

»Ich kenne viel, was nicht kaputt ist«, sagte Bruno. »Zum Beispiel unsere Hütte.«

Später am Tag ging Matze mit seinem Papa zu Großmutters Haus. Es lag auf einer kleinen Anhöhe, und auf dem Weg dorthin mussten sie den Hof des Bürgermeisters überqueren. Auf der Treppe saß ein großer schwarzer Hund; er sprang auf und begann zu bellen. Aber er war angekettet und konnte nicht weg. Matzes Papa lachte nur, während der Hund weiter kläffte. Er zeigte ihnen alle seine scharfen Zähne.

»Beruhige dich, Kumpel!«, sagte Matzes Papa zu dem Hund. »Reg dich doch nicht so auf.«

Matze ging um seinen Papa herum und machte dabei einen kleinen Bogen, damit er möglichst viel Abstand zu dem Hund hatte.

Sie kamen an einem großen Gehege vorbei, in dem Hühner herumtrippelten. Die Hühner guckten Matze und seinen Papa nicht einmal an.

»Du hast doch wohl keine Angst vor dem Köter dahinten«, sagte Papa lachend.

»Natürlich nicht«, sagte Matze. »Ich wollte mir nur die Hühner angucken.«

»Ja, da ist das preisgekrönte Huhn.« Papa zeigte auf ein schneeweißes Huhn, das zwischen den anderen Hühnern herumspazierte. Seine Federn glänzten. »Stell dir nur vor, wie es ist, einen ersten Preis zu gewinnen!«, sagte er.

»Ist der Bürgermeister sehr berühmt?«, fragte Matze und blieb stehen.

Das Huhn schüttelte den Kopf und sah Matze an.

Papa schlenderte weiter, und Matze lief ihm nach. Der Hund bellte, bis sie Großmutters Haus fast erreicht hatten. Es war ein altes Haus, das wie ein Schloss auf dem Hügel thronte. Die Fenster waren dunkel, und an der einen Wand hatten sich Latten von der Holzverkleidung gelöst. Papa stieg die Treppe hinauf und klingelte. Der Klingelknopf war ein Löwenkopf, und Papa musste auf die Zunge drücken. In einer Ecke über der Treppe hing ein riesiges Spinnennetz.

»Kann ich nicht hier draußen warten?«, fragte Matze.

Nee, komm mit rein!
Es tut ihr gut,
andere Menschen zu treffen.

Die dunkle Tür ächzte, und Papa verschwand im Haus. Matze blieb auf der Treppe stehen und beobachtete die Spinne, die in dem Netz herumkrabbelte.

»Kommst du?«, fragte Papa von drinnen.

»Ich komm gleich«, sagte Matze.

Er ging die Treppe wieder hinunter. Auf der Rückseite des Hauses stand ein kleiner Schuppen. Es sah so aus, als lehnte sich das Schuppendach gegen eine große Birke, die ihre kleinen gelben Blätter im Wind wiegte. Vom Hof des Bürgermeisters her krähte zweimal ein Hahn. Matze ging durch das hohe nasse Gras neben dem Weg. Er erreichte das Hühnergehege, ohne dass der Hund ihn bemerkte.

»Hast du ein Glück, dass du so berühmt bist!«, sagte Matze zu dem Huhn.

Es legte seinen Kopf schief, und die anderen Hühner trippelten um das preisgekrönte Huhn herum.

»Wenn wir Freunde wären, würde ich vielleicht auch berühmt werden!«

In dem Augenblick hatte der Hund seine Witterung aufgenommen. Er zerrte an der Leine und begann laut zu bellen.

»Hör auf!«, rief Matze ihm zu. »Ich will dein blödes Huhn nicht klauen!«

In dem Augenblick hatte Matze eine Idee.

Er starrte den Hund an, sah zum Bürgermeisterhaus, schaute über den ganzen Hof, zu den Büschen hinter dem Hühnerstall und zum Wald dahinter.

»Aber wenn irgendwelche Diebe das Huhn klauen würden, könnte ich es retten. Und dann würde ich bestimmt in die Zeitung kommen«, flüsterte er vor sich hin.

Als Papa aus Großmutters Haus auf den Hof trat, sah er sich um und rief nach Matze.

Matze kam aus dem Schuppen auf der Rückseite des Hauses.

»Wo warst du denn?«, fragte sein Papa.

»Ich hab mir nur mal den Schuppen angeguckt«, antwortete Matze.

Papa lachte. »Die alte Bruchbude! Die hätte man schon vor langer Zeit abfackeln sollen.«

Kurz darauf schlenderten sie den Hügel hinunter und am Hof des Bürgermeisters vorbei. Matze warf dem preisgekrönten Huhn einen verschwörerischen Blick zu, als hätten sie gemeinsam einen geheimen Plan geschmiedet. Das Huhn trippelte umher und begriff wahrscheinlich gar nichts.

Zu Hause stürmte Matze in sein Zimmer. Er legte sich auf den Fußboden und angelte eine alte blaue Sporttasche unter dem Bett hervor. In der Tasche hatte er einige Kleidungsstücke versteckt, die seine Eltern nicht finden sollten. Er legte das Bündel auf das Bett und breitete die Sachen aus.

Es war sein Superheldenanzug. Schwarzkes Superheldenanzug. Es war schon eine Weile her, seit Bruno, Laura und er Superhelden gewesen waren. Da waren sie nachts als Schwarzke, Brauno und Blaura draußen herumgeschlichen und hatten die Fahrräder der großen Jungs angestrichen. Fast wären sie von der Polizei erwischt worden, aber dann hatten die Rowdys die Schuld abgekriegt. Matze musste kichern, als er daran dachte. Er strich über den Umhang, den er sich aus einer alten schwarzen Jacke zurechtgeschnitten hatte, die seine Mama nicht mehr trug.

Er stopfte das Bündel wieder unters Bett und verließ sein Zimmer über die Leiter. Im Keller lagen einige Säcke, das wusste er. Also stieg er die Stufen hinunter, auch wenn er sich da unten jedes Mal gruselte, denn er musste zehn Schritte durch die Dunkelheit gehen, ehe er beim Lichtschalter ankam. Das Licht der Glühbirne war schwach. Hatte sich unter dem Warmwasserspeicher nicht etwas bewegt? Matze zuckte zurück.

Hinter leeren Marmeladengläsern und einer Werkzeugtasche lagen die zusammengerollten Säcke. Sie waren zerlumpt und durchlöchert, aber Matze suchte sich den besten heraus. Er prüfte die Löcher. Keins war so groß, dass ein Huhn hindurchschlüpfen konnte.

In einem Schrank in der Küche fand Matze eine Tüte mit Sonnenblumenkernen. Aus der Garage holte er sich ein Vorhängeschloss. Zum Glück steckte der Schlüssel drin. Dann verstaute er alles zusammen mit dem Superheldenanzug unter dem Bett.

Als es Nacht wurde, zog Matze seinen schwarzen Superheldenanzug an. Schwarzke war bereit zum Einsatz. Aber diesmal ohne Malerfarben, und er war ganz allein.

Er steckte die Tüte mit den Sonnenblumenkernen in seine Tasche und klemmte sich den Sack unter den Arm. Auf Zehenspitzen stieg er die Leiter hinunter.

Als er nach draußen kam, sah er den Vollmond. Er hing hinter dunklen Wolken, die langsam vorbeiglitten. Die Häuser in der Straße lagen dunkel da.

Schwarzke lief so schnell er konnte zum Gehweg hinauf, weiter zum Fußgängertunnel und oben an den Geschäften entlang. Er näherte sich der Anhöhe, auf der Großmutters Haus stand. Es war dunkel, genau wie das des Bürgermeisters.

Schwarzke war ganz außer Atem, als er die Bäume unterhalb des Hofs erreichte. Er bog vom Weg ab und ging hinten um die Scheune herum, damit der Hund seine Witterung nicht aufnahm. Jetzt war es nicht mehr weit bis zum Hühnerstall.

Schwarzke kroch durch das nasse Gras bis zur Stalltür. Sie war mit einem Haken verschlossen. Schwarzke hob ihn an und trat ein. Kein Laut war zu hören, die Hühner schliefen. Er öffnete den Sack, bevor er zu der Stange schlich, auf der die Hühner hockten. Da war das prächtige Huhn, das den ersten Preis gewonnen hatte, das Huhn aus der Zeitung.

Eins der anderen Hühner gackerte. Schwarzke erstarrte. Es klang, als hätte das Huhn im Schlaf gegackert.

Schwarzke machte sich bereit, sprang auf das Preishuhn zu und warf ihm den Sack über den Kopf. Das Huhn gab keinen Ton von sich. Aber nun hatte er ein anderes Huhn geweckt, das plötzlich loskrakeelte. Mit einem Mal waren alle Hühner wach und flatterten und gackerten wild durcheinander. Die Luft war voller Federn, und in dem kleinen Stall war kaum noch etwas zu sehen. Schwarzke versuchte die Hühner zu beruhigen, aber es war zu spät. Jetzt krähte auch noch der Hahn los.

Schwarzke schwang sich den Sack über den Rücken und lief hinaus. Er war gerade mit dem Türhaken beschäftigt, da fing der Hund an zu bellen, und im Haus des Bürgermeisters ging Licht an.

Endlich hatte Schwarzke den Haken eingehängt und lief vom Hof. Der Sack war ziemlich schwer, aber auf dem Rücken konnte er ihn gerade so tragen. Als er sah, dass die Haustür geöffnet wurde, verkroch Schwarzke sich im Gras auf der Rückseite des Hühnerstalles.

Das preisgekrönte Huhn hatte den Kopf aus einem der Löcher im Sack gesteckt und sah ihn verwundert an.

»Sei bloß still!«, flüsterte Schwarzke ihm zu. »Sonst kann ich dich nicht retten!«

»Ruhig!«, hörte er den Bürgermeister seinem Hund zurufen.

Schwarzke versuchte die Luft anzuhalten, um sich nicht zu verraten. Sein Herz hämmerte.

Der Bürgermeister kam über den Schotterplatz. Dabei redete er mit dem Hund. »Hier ist nichts.« Der Bürgermeister ging zum Hühnerstall. »Du schreckst ja die Hühner auf, wenn du so bellst. Die Tür ist geschlossen, und alles ist in Ordnung. Das war bestimmt nur ein Dachs auf dem Heimweg.«

Er kehrte zum Wohnhaus zurück, murmelte noch etwas vor sich hin oder sprach zu dem Hund, bevor er hineinging.

Jetzt sprang Schwarzke auf, schwang den Sack wieder auf seinen Rücken und lief so schnell er konnte zu Großmutters Haus hinauf. Er schlich zu dem windschiefen Schuppen unter der Birke, zog den Sack hinein und öffnete ihn.

»Jetzt kannst du herauskommen«, sagte er mit seiner nettesten Stimme.

Das Huhn flatterte aus dem Sack. Es hüpfte herum, gackerte, legte den Kopf schief und sah Schwarzke verwundert an.

»Du wirst jetzt ein bisschen hier wohnen«, flüsterte er. »Damit ich dich wiederfinden kann. Und dann kommen wir beide in die Zeitung!«

Das Huhn sah sich um, gluckste etwas und schlug noch einmal mit den Flügeln. Dann spazierte es im Schuppen herum, als wollte es ihn erkunden.

»Guck mal!«, sagte Schwarzke und zog die Tüte mit den Sonnenblumenkernen hervor. »Hier ist was zu fressen. Und wenn Großmutter kommt, musst du dich verstecken.« Er kippte die Sonnenblumenkerne auf den schiefen Fußboden, und das Huhn beäugte das Häufchen interessiert. Dann sah es wieder Schwarzke an.

»Morgen komme ich wieder«, sagte er. »Dann rette ich dich.« Er schloss die Tür hinter sich, zog das Vorhängeschloss aus der Tasche und sperrte ab. Nun konnte er durchatmen. Sein Herz unter dem Superheldenanzug hämmerte heftig. Er spürte, dass er vollkommen durchnässt war, nachdem er in dem feuchten Gras gehockt hatte. Inzwischen stürmte es, der Wind riss und zerrte an den kräftigen Birkenästen, und Schwarzke wurde eiskalt. Er fröstelte und zog sich, während er durch die dunklen Straßen lief, die Maske vom Gesicht.

Als er zu Hause ankam, zitterte er so sehr, dass es ihm nur mit Mühe gelang, sich die Schuhe von den Füßen zu schütteln. Auf der Leiter zu seinem Zimmer wurde ihm ganz schwindlig. Er zerrte sich den klatschnassen Superheldenanzug vom Körper und verkroch sich unter der Bettdecke.

4

Matze lag im Wohnzimmer auf dem Sofa. Es war ganz still im Haus. Die Sonne war gerade über den Hügeln aufgegangen. Jetzt schien sie durchs Fenster und füllte das ganze Zimmer mit warmem gelbem Licht.

An dem Morgen nachdem Matze sich das Preishuhn ausgeliehen hatte, hatte er es dem Bürgermeister eigentlich zurückbringen wollen, wenn er nur hätte aufstehen können. Papa musste ihn die steile Leiter hinuntertragen.

»Du siehst aus wie ein Gespenst«, sagte Mama und legte ihm die Hand auf die Stirn. »Du glühst ja!«

Matze bekam eine Tablette, die gegen das Fieber helfen sollte. Es war gar nicht leicht, sie zu schlucken. Sein Körper fühlte sich schwer an, und alles tat ihm weh.

»Du musst hier unten liegen bleiben, damit ich mich um dich kümmern kann«, sagte Mama. »In ein paar Tagen bist du sicher wieder gesund.«

Sie hatte ihm ein Bett auf dem Sofa gemacht. Matze schlief und wurde wieder wach. Er wusste nicht, ob es Tag oder Nacht war. Manchmal schwitzte er, manchmal zitterte er vor Kälte, obwohl er mit zwei Bettdecken zugedeckt war.

Er hörte, dass es an der Tür klingelte. Er hörte Lauras

und Brunos Stimmen. Seine Mama sagte, Matze sei krank und sie sollten ein andermal wiederkommen. Die Tür wurde geschlossen.

Jetzt lag Matze also im goldenen Morgenlicht auf dem Sofa und fühlte in seinem Körper nach, wie es ihm ging. Er glaubte nicht, dass er noch Fieber hatte. Hin und wieder fühlte er sich sogar ganz gesund. Aber als er aufstand, wurde ihm schwindlig.

Noch war niemand wach im Haus. Durchs Fenster sah er die leere Straße. Er ging in die Küche und suchte sich eine Tüte mit Haferflocken. Dann zog er eine dicke Jacke und Schuhe an und öffnete vorsichtig die Haustür. Auf der Treppe fühlte er die Kälte. Die Sonne, die das Wohnzimmer erwärmt hatte, war hier draußen überhaupt nicht warm. Er zog den Reißverschluss seiner Jacke zu und ging los. Schnell laufen konnte er nicht. Schon das Gehen strengte ihn an. In der Unterführung gab es ein tolles Echo, hier schrie er normalerweise immer etwas, aber seit er krank gewesen war, hatte er fast keine Stimme mehr.

Als er sich Großmutters Haus und dem verfallenen Schuppen näherte, lauschte er. Aber er hörte nur die Geräusche seiner Schritte und seinen eigenen Atem.

So schnell er konnte, ging er den Hügel hinauf, vorbei an der Haustür und zu dem kleinen Schuppen. Sein Blick fiel auf die Schuppentür, die er mit dem Vorhängeschloss abgesperrt hatte. Die Tür stand offen.

Matze stürzte hinein. Überall lagen weiße Federn und einige Sonnenblumenkerne, aber das Huhn war weg.

Matze guckte in alle Ecken. Er hob ein paar dunkle Bretter an, die an der Wand lehnten, aber er fand kein Huhn. Vor dem Schuppen lagen auch weiße Federn. Hatte das

Huhn es geschafft zu fliehen? Matze untersuchte die Tür. Das Schloss hing immer noch daran, aber jemand hatte den Riegel aufgebrochen.

Er stolperte den Hügel hinunter, am Hof des Bürgermeisters vorbei und an dem bösen Hund. Der war wohl noch nicht aufgestanden, denn er bellte nicht. Matze lief den ganzen Weg zur Siedlung, bis zu der Kurve, wo Laura wohnte. Er klingelte. Es dauerte eine Weile, ehe Lauras Mama öffnete. Sie trug einen Morgenmantel.

Matze? Du bist aber früh auf.

»Ich muss mit Laura reden«, sagte Matze.

»Es ist erst sechs Uhr«, sagte Lauras Mama. »Laura schläft noch.«

»Aber es ist furchtbar dringend!«, sagte Matze.

Lauras Mama ließ ihn herein und ging nach oben. Als sie kurz darauf wieder nach unten kam, sagte sie, Laura sei wach und Matze könne zu ihr.

»Es ist dringend!«, wiederholte Matze, als er Lauras Zimmer betrat.

Sie hatte sich zwar angezogen, sah aber so aus, als würde sie immer noch schlafen.

»Du musst wach werden!«, sagte Matze. »Jemand ist in Großmutter Schuppen eingebrochen!«

»Vielleicht waren das wieder diese Rowdys?«, fragte Laura.

Sie meinte die Jungs, die vor einiger Zeit ihre Hütte kaputt gemacht hatten.

Jetzt wurde sie richtig wach. »Vielleicht wollen sie uns wieder ärgern!«, sagte sie.

»Ich weiß nicht«, sagte Matze. »Das Schloss ist aufgebrochen und das Huhn ist weg.«

»Welches Huhn?«, frage Laura und rieb sich die Augen.

»Das Wichtigste ist doch, dass jemand eingebrochen ist!«

»Welches Huhn meinst du?«, wiederholte Laura. »Aber das ist ja egal; wenn eingebrochen worden ist, müssen wir die Polizei rufen.«

»Nein, wir müssen rausfinden, wer eingebrochen ist!«, sagte Matze. »Du weißt doch, wie man spioniert und nachforscht und all das. Wir haben keine Zeit zu verlieren.«

Laura ging mit nach unten, und Lauras Mama machte beiden Frühstück. Warme Brötchen mit Käse und für jeden eine Tasse Kakao. Aus den Tassen stieg Dampf auf.

Matze entdeckte die Zeitung, die auf dem Tisch lag. Darauf war ein Foto vom Bürgermeister. Er stand vor seinem Hühnerstall und sah wütend aus. *Das preisgekrönte Huhn ist spurlos verschwunden*, stand in großen schwarzen Buchstaben darüber.

Matze versuchte die Zeitung umzudrehen, damit Laura das Foto nicht sah. Aber es war zu spät.

»Glaubst du, dieselben, die das Huhn gestohlen haben, sind in den Schuppen von deiner Großmutter eingebrochen?«, fragte sie.

»Vielleicht«, antwortete Matze zögernd. »Auf dem Boden waren jedenfalls viele Federn verstreut.«

»Aha!«, sagte Laura. »Nun haben wir eine Spur und müssen nur noch herausfinden, warum der Hühnerdieb in den Schuppen eingebrochen ist.«

»Es ist ja nicht sicher, dass das Huhn gestohlen wurde«, sagte Matze. »Vielleicht war es jemand, der es zurückgeben wollte, aber dann hat jemand anderes es in der Zwischenzeit geklaut.«

»Nein«, sagte Laura, »das ist total unwahrscheinlich.«

»Vielleicht wollte jemand den Schuppen nur für ein, zwei Tage als Hühnerstall benutzen, und dann hätte er das Huhn zurückgebracht.«

»Warum sollte das jemand tun?«, fragte Laura.

»Vielleicht um eine Belohnung zu kriegen.«

»Ein Huhn für eine Belohnung klauen?«, sagte Laura. »Wer ist denn so verrückt?«

»Es könnte ja sein, dass der, der das Huhn findet, in die Zeitung kommt, und dann wird er berühmt.«

»Das ist doch komplett bescheuert«, sagte Laura.

»Aber wenn jemand in der Zwischenzeit krank geworden ist. Und keine Kraft hatte, das Huhn zurückzugeben? Bevor der Einbrecher gekommen ist.«

Laura stellte die Kakaotasse ab und sah Matze lange an. »Jemand ist krank geworden?«, fragte sie.

»Ja«, sagte Matze. Er versuchte, sich auf dem Küchenstuhl ganz klein zu machen und sich hinter dem Brötchen zu verstecken.

»Jemand möchte in die Zeitung kommen und berühmt werden?«

»Ja«, sagte Matze. »Irgend so was … Das Wichtigste ist, dass wir den Dieb finden. Und das Huhn retten, bevor es aufgegessen wird.«

Laura schwieg. Sie dachte nach. Matze trank den letzten Schluck Kakao und starrte auf den dunklen Brei am Boden der Tasse.

»Jedenfalls ist es verboten, bei Großmutter einzubrechen!«, sagte er. »Der Einbrecher ist viel schlimmer als die Person, die sich das Huhn ausgeliehen hat.«

»Hmf«, machte Laura.

Matze wusste nicht genau, was das bedeuten sollte. Sie sah wütend aus.

»Hast du dem Bürgermeister das Huhn geklaut?«

»Ich habe es geliehen«, korrigierte Matze.

»Stehlen ist verboten!«, sagte sie.

»Wenn man es zurückgibt, ist es doch kein Diebstahl.«

»Es ist Diebstahl!«

»Wenn du dir einen Kuli von deiner Mama leihst, hast du ihn doch nicht gestohlen, oder?«

»Nein«, sagte Laura. »Aber ein Huhn?«

»Ich wollte es ja nur ausleihen, damit ich es wiederfinden kann.«

»Ich glaube, wenn man große Sachen nimmt, ist es Diebstahl.«

»Ein Fahrrad ist größer als ein Huhn«, sagte Matze. »Hättest du dir mein Fahrrad geliehen und es mir zurückgegeben, würde ich nicht sagen, dass du es geklaut hast.«

»Nein«, sagte Laura. »Aber … aber … wir sind Freunde.« Sie schüttelte den Kopf. »Jetzt krieg ich Bauchschmerzen«, sagte sie. »Das bedeutet, dass es nicht in Ordnung ist.«

»Trotzdem – der Einbrecher ist viel schlimmer.«

Laura schwieg.

»Ja«, sagte sie schließlich. »Zuerst müssen wir den Einbrecher finden, denn der ist der Schlimmste von allen.«

Sie riefen Bruno an und verabredeten sich mit ihm vor dem Haus von Matzes Großmutter. Laura nahm eine Lupe mit. Zusammen gingen Matze und Laura den Hügel hinauf, vorbei am Hof des Bürgermeisters. Dieses Mal stand der Hund draußen und starrte die beiden misstrauisch an. Dann begann er zu bellen. Matze versuchte, sich hinter Laura zu verstecken.

»Vielleicht ist der Bürgermeister einfach raufgegangen und hat sich sein Huhn zurückgeholt?«, überlegte Laura. »Dann ist er wirklich kein Dieb.«

»Hoffentlich nicht«, sagte Matze. »Dann wäre ja alles umsonst gewesen!«

Die Schuppentür stand immer noch weit offen. Matze ging hinter Laura her, während sie jeden Zentimeter Boden rund um den Schuppen mit der Lupe absuchte. Währenddessen kam Bruno die Anhöhe heraufgeschnauft.

»Warum sollte ich mich denn so beeilen?«, fragte er.

»Wir ermitteln in einem Einbruch«, sagte Laura.

»Und warum liegen hier so viele Federn?«, frage Bruno.

»Danach musst du Matze fragen«, sagte Laura. Sie tat so, als hätte sie keine Zeit zu antworten und als wäre sie furchtbar damit beschäftigt, nach Hinweisen zu suchen. »Wir suchen nach einer Spur«, sagte sie.

»Als mein Großvater Spion war, hat er einmal eine Schnur entdeckt, die war mehrere Kilometer lang«, sagte Matze.

»Keine Schnur, eine Spur!«, sagte Laura. »Es geht um Hinweise, Fußabdrücke oder irgendwas, das uns hilft, den Gauner zu finden.«

»Klar, das wusste ich doch«, sagte Matze schnell.

Laura spähte weiter durch die Lupe. Hinter einem Grasbüschel fand Bruno eine Art Schnürsenkel.

»Na, das ist jedenfalls keine Schnur, äh, Spur«, sagte er und warf den Schnürsenkel weg.

Laura schaute auf. »Was hast du da gefunden?«

»Nichts, nur eine richtige Schnur«, sagte Bruno.

»Lass mal sehen!« Laura hob den Schnürsenkel auf. »Das könnte ein wichtiger Hinweis sein.«

»Aber warum liegen hier eigentlich so viele Federn?«, fragte Bruno noch einmal. »Hatte der Dieb Flügel?«

»Ich hab mir ein Huhn vom Bürgermeister geliehen«, erklärte Matze. »Und das ist gestohlen worden.«

Laura betrachtete den Schnürsenkel eine Weile. »Wenn wir den finden, dem ein Schnürsenkel fehlt, dann haben wir den Einbrecher«, sagte sie.

»Ich hab was von dem Huhn in der Zeitung gelesen«, sagte Bruno. »Aber da stand nichts davon, dass der Bürgermeister es verliehen hat.«

»Nein …«, begann Matze. »Er weiß eigentlich nicht, dass ich es mir ausgeliehen habe. Wir müssen es also wiederfinden, bevor jemand glaubt, dass ich ein Dieb bin.«

»Er weiß nicht, dass du es dir geliehen hast?«, wiederholte Bruno.

»Wir müssen das Huhn so schnell wie möglich finden, sonst geht's uns schlecht!«, sagte Matze.

Laura richtete sich auf und steckte die Lupe ein. »Matze«, sagte sie, »nicht *uns* geht's schlecht. *Du* hast dem Bürgermeister das Huhn geklaut. Nicht Bruno und ich. Aber wir helfen dir, es wiederzufinden. Den Rest musst du allein in Ordnung bringen.«

»Aber ich bin doch kein Dieb«, sagte Matze. »Ich hab's ja bloß geliehen.«

»Habt ihr eine Ahnung, wie wir rausfinden sollen, wem ein Schnürsenkel fehlt?«, fragte Bruno.

»Wir müssen die Schnürsenkel von allen kontrollieren, denen wir begegnen«, sagte Laura, »und zwar an einer Stelle, wo alle vorbeikommen.«

Der Laden war noch geschlossen, aber Matze, Bruno und Laura saßen schon auf der Bank davor. Bisher war auch

kein Mensch zu sehen, und es gab noch keine Schuhe zu kontrollieren.

Als Erster kam der Ladenbesitzer in seinem gelben Lieferwagen angefahren. Er parkte, stieg aus und kam mit klirrendem Schlüsselbund auf sie zugeschlendert. »Guten Morgen, ihr Winzlinge«, sagte er. »Ihr seid aber verflixt früh auf den Beinen.«

»Wir sind in einem Auftrag unterwegs«, sagte Bruno.

»Aha«, sagte der Ladenbesitzer. »Was denn für ein Auftrag?«

»Wir sollen rausfinden, wer der Hü–«, begann Bruno, da unterbrach ihn Laura.

»Hüppelberg«, sagte sie schnell. »Er meint den Hüppelberg-Bus. Wer den genommen hat. Oder heute nehmen will.«

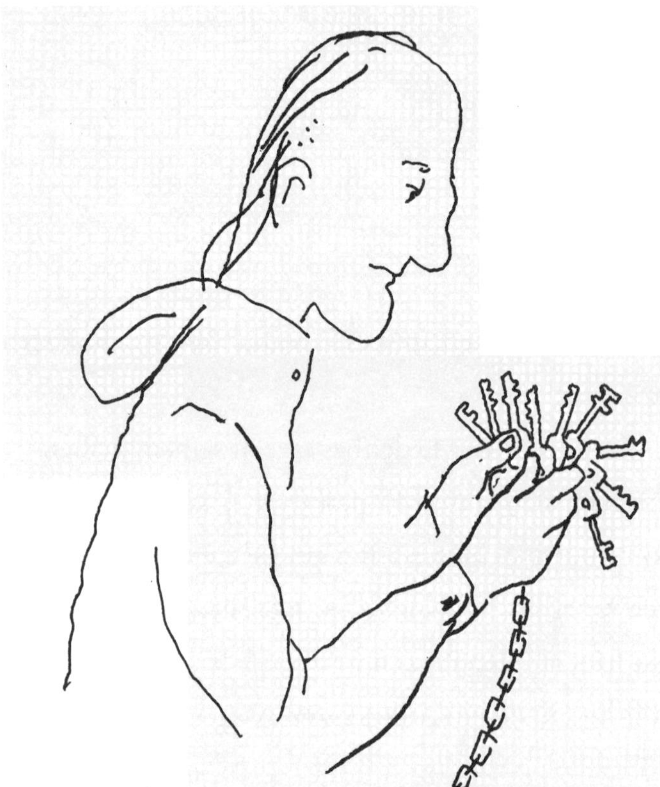

»Wir haben einen Auftrag vom Busministerchef der Stadtverwaltung«, sagte Matze.

»Dem Busministerchef von der Stadtverwaltung?«, fragte der Ladenbesitzer. »Von dem hab ich noch nie was gehört.«

»Meine Mama arbeitet bei der Stadtverwaltung«, sagte Laura. »Von denen haben wir den Auftrag gekriegt.«

»Ja, ja«, sagte der Ladenbesitzer. »Die haben komische Ideen bei der Stadtverwaltung. Ich muss jetzt mal den Laden öffnen.« Er suchte einen Schlüssel aus dem Schlüsselbund hervor und ging zur Tür.

»Prima, wir bleiben hier sitzen und unterhalten uns ein bisschen«, sagte Laura.

»Macht das«, sagte der Ladenbesitzer. Er schloss die Ladentür auf und ging hinein. Nach einer Weile streckte er den Kopf wieder heraus. »Aber … von hier geht doch gar kein Bus nach Hüppelberg.«

»Oh«, sagte Laura. »Das hab ich ganz vergessen. Wir werden es dem Busministerchef sagen, wenn wir ihn treffen.«

Der Ladenbesitzer murmelte vor sich hin, wie seltsam die Kinder von heute doch waren, und verschwand wieder im Laden.

Laura flüsterte den anderen zu: »Niemand darf wissen, dass wir nach dem Hühnerdieb suchen.«

»Aber der Ladenbesitzer ist doch nicht gefährlich«, sagte Matze. »Der ist so nett, der kann kein Hühnerdieb sein.«

»Man kann nie wissen«, sagte Laura. »Das ist die erste Regel bei Spionen.«

»Außerdem fehlte ihm kein Schnürsenkel«, sagte Bruno.

»Einmal ist meinem Papa das Auto gestohlen worden«, sagte Matze. »Und es war der netteste Mann der Stadt, der es geklaut hatte. Nette Leute können furchtbar böse sein.«

»Besonders nett war es aber nicht von ihm, das Auto zu klauen!«, sagte Bruno.

»Wir müssen uns an die Tatsachen halten«, sagte Laura. »Wir suchen einen Hühnerdieb, und wir haben einen Schnürsenkel. Bevor wir mehr wissen, kann jeder der Hühnerdieb sein, auch wenn er wer weiß wie nett ist.«

Es vergingen Stunden, Autos parkten, Männer und Frauen gingen in den Laden und kamen wieder heraus, Kinder kamen auf dem Fahrrad oder Leute gingen einfach nur vorbei. Es gab weiße, braune, rote, schwarze und lila Schnürsenkel, und niemandem fehlte einer. Gerade rollte ein schwarzes Auto auf den Parkplatz. Die Scheiben waren dunkel.

»Guckt mal«, sagte Bruno. »Das ist das Auto von der Bäckerei.«

Eine Frau stieg aus und stöckelte auf hohen Absätzen schnell in den Laden.

»Die hat gar keine Schnürsenkel«, stellte Laura fest.

Eine Autoscheibe senkte sich langsam, und Matze entdeckte Sandy. Er sprang von der Bank auf und ging zu ihr. Sie hob kaum den Blick.

»Cooles Auto«, sagte Matze.

»Mag sein«, sagte Sandy.

»Wenn mein Papa berühmt wird, kaufen wir drei neue Autos.«

Sandy gähnte. »Meine Mama hat hundert Autos in den USA, wir können uns immer furchtbar schwer entscheiden, welches wir nehmen wollen.«

»Ein Glück, dass ihr noch nicht weggezogen seid«, sagte Matze.

»Tja«, sagte Sandy, »wir denken darüber nach.« Sie schaute zu Laura und Bruno auf der Bank. »Sind das deine bescheuerten Spionenfreunde?«

»Wir spionieren nicht«, sagte Matze. »Wir untersuchen einen Einbruch. Damit helfen wir der Polizei.«

»Mama hat der Polizei in den USA ganz oft geholfen, aber das muss geheim bleiben. Mehr kann ich also nicht sagen.«

Jetzt kam Sandys Mama auf ihren hohen Absätzen zum Auto zurück. Sie lächelte Matze an. »Hast du einen Freund gefunden, Merete?«, fragte sie Sandy.

Sandy zog eine Grimasse. »Hör auf, Mama«, sagte sie und drückte auf den Knopf, der die Scheibe wieder hochfahren ließ.

Matze sah dem Auto nach, wie es vom Parkplatz fuhr. Als es auf die Hauptstraße eingebogen war, kehrte er zu Laura und Bruno zurück.

»War das Sandy?«, fragte Bruno.

»Besonders nett wirkte die nicht«, sagte Laura.

»Ihre Mama ist wahnsinnig berühmt«, sagte Matze.

»Ich fand, die sah ganz normal aus«, sagte Bruno.

»Das ist sie aber nicht«, sagte Matze. »Es ist echt cool, dass sie hier wohnen wollen.«

»Können wir uns jetzt mal aufs Spionieren konzentrieren?«, fragte Laura.

Die Sonne schien auf den Parkplatz. Vier Möwen kreisten am Himmel. Noch mehr Stunden vergingen, noch mehr Leute kamen vorbei, niemandem fehlte ein Schnürsenkel, und nun saßen sie schon fast den ganzen Tag hier. Laura war zu Hause gewesen und hatte etwas zu essen für sie geholt. Matze hatte seinen Papa überredet, jedem eine Flasche Limo zu kaufen. Jetzt war alles aufgegessen, die leeren Flaschen lagen unter der Bank. Um sie herum flatterten Vögel und schnappten sich die Krümel.

»Das ist total danebengegangen«, sagte Matze. »Guckt mal, jetzt macht der Laden zu.«

Der Ladenbesitzer hatte die Tür geöffnet. Er stellte einen großen Karton auf dem Boden ab, bevor er sein Schlüsselbund hervorzog.

»Ihr sitzt ja immer noch hier!«, sagte er. »Na, wie viele haben euren Bus nach Hüppelberg genommen?« Er grinste spöttisch, schloss die Ladentür ab und hob den Karton an. Der war voller Tüten mit Haferflocken, und an der Seite ragten einige Maiskolben heraus.

»Etwa hundert«, sagte Bruno.

»So viele?« Der Ladenbesitzer lachte. Er trug den Pappkarton zu seinem Auto, öffnete die Tür zum großen Laderaum und schob den Karton hinein.

»Nee, es waren genau neunundachtzig«, sagte Matze. »Es war eine Riesengruppe aus dem Gemeindehaus dabei.«

»Na prima«, sagte der Ladenbesitzer. »Jetzt wird sich der Busministerchef aber freuen.«

Laura schwieg. Sie starrte auf den Kapuzenpulli des Ladenbesitzers.

Der winkte und setzte sich ans Steuer, und bald begann der Motor zu husten. Aus dem Auspuff kam schwarzer Qualm. »Bis dann!«, rief der Ladenbesitzer, knallte die Tür zu und fuhr vom Parkplatz, dass der Schotter aufspritzte.

Staub und Blätter wirbelten auf, und der Qualm verzog sich, während das Laub langsam zu Boden segelte, zusammen mit einer weißen Feder.

Laura sprang auf. Die Feder landete genau in ihrer Hand. Sie holte die Lupe hervor und studierte die Feder genau. »Was fressen Hühner?«, fragte sie.

»Keine Ahnung«, sagte Bruno.

»Ich glaube, Sonnenblumenkerne«, sagte Matze. »Aber bestimmt noch alles mögliche andere, Obst und Samen und Haferflocken.«

»Haferflocken?«, fragte Laura.

Die drei sahen sich an.

Laura hielt die Feder hoch. Sie sah genauso aus wie die Federn, die im Schuppen gelegen hatten.

»Habt ihr übrigens den Pulli vom Ladenbesitzer gesehen?«, fragte Laura.

Die beiden Jungs tauschten einen Blick und zogen die Schultern hoch.

»Der mit der Kapuze!«, sagte Laura. »Der hatte keine Schnur!«

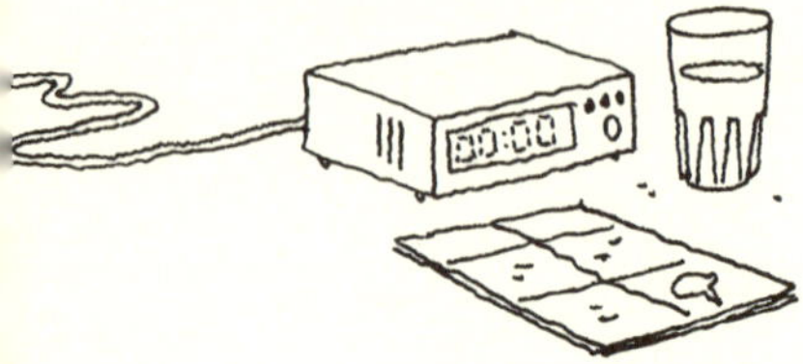

5

Die Uhr auf dem Nachttisch zeigte vier Nullen. Es war Mitternacht. Schwarzkes Anzug lag wie immer in der blauen Tasche unterm Bett. Im Haus war es still.

Matze zog die Tasche hinter sich her, tappte die Leiter hinunter und schlich in die dunkle Herbstnacht hinaus. Die meisten Häuser waren dunkel, nur hier und da brannte noch Licht. Matze öffnete die Tür zur Garage und schlich hinein. Als die Tür wieder geöffnet wurde, kam Schwarzke heraus. Schnell wie ein Schatten verschwand er in der Dunkelheit. Der Umhang flatterte hinter ihm im Wind.

Der Ladenbesitzer wohnte in einem kleinen roten Haus am Fluss. Die Superhelden hatten sich am Bootsschuppen verabredet, dort, wo der Fluss eine Biegung machte.

Schwarzke versteckte sich im Schatten hinter dem Schuppen und schaute über die Straße. Von hier aus konnte er den Hügel sehen, von dem er gekommen war, und die Straße auf der anderen Seite des Ackers, die zum Haus des Ladenbesitzers führte.

Er hörte jemanden den Hügel herunterkommen. »Psst!«, machte Schwarzke. »Hierher!«

Ein Gesicht mit einer blauen Maske tauchte auf. »Blaura meldet sich zum Dienst!«, flüsterte eine atemlose Stimme.

»Schwarzke zur Stelle«, sagte Schwarzke.

Sie setzten sich neben die Tür vom Bootsschuppen und warteten auf Brauno. Hinter den Wolken, die langsam über den Himmel zogen, leuchtete ein Halbmond. Hin und wieder ging ein kalter Lufthauch. Schwarzke zog den Umhang enger um seinen Körper. Jetzt hörten sie schnelle Schritte. Jemand kam wie ein schwarzer Schatten auf sie zugeflogen. Das war Brauno, der Superheld.

Sie schlichen hinüber zum Haus des Ladenbesitzers. In einem kleinen Fenster neben der Tür brannte Licht, alle anderen Fenster waren dunkel. Als sie den Innenhof erreichten, versteckten sie sich hinter dem Lieferwagen.

»Meint ihr, der Ladenbesitzer schläft?«, fragte Brauno.

»Das Huhn ist bestimmt im Schuppen«, sagte Blaura.

Im hohen Gras neben dem Schuppen lag ein großer Behälter mit Hühnerfutter.

»Guckt mal«, sagte Schwarzke. »Der will noch mehr Hühner klauen!«

Gebückt und lautlos schlichen sie zur Rückseite des Schuppens. Schwarzke bekam ein Spinnennetz ins Gesicht, erschauderte und wischte es schnell weg. Sie versuchten durch die Ritzen zwischen den Holzplanken zu erkennen, was sich im Schuppen befand.

»Wir sollten versuchen, ein Brett loszukriegen«, sagte Schwarzke. »Dann können wir hineinschleichen.« Er begann, an einem Brett zu ziehen. Es knackte und knirschte, als ein langer Nagel sich langsam löste.

»Still!«, sagte Blaura. »Du weckst ja den Ladenbesitzer.«

»Das war total leicht«, sagte Schwarzke und begann, an einem weiteren Brett zu ziehen. Das saß fester.

Brauno half ihm, und so zogen und zerrten sie beide. Splitter bohrten sich in Schwarzkes Handflächen, aber sie durften nicht aufgeben. Langsam löste sich der Nagel. Es krachte laut, und der Schuppen wankte. Ein Dachziegel löste sich vom Dach und fiel genau zwischen Schwarzke und Brauno.

»Auuua!«, rief Blaura.

Der Dachziegel hatte ihren Fuß getroffen.

»Psst!«, machte Schwarzke.

Drinnen im Schuppen begann ein Huhn zu gackern.

»Hört ihr«, sagte Brauno. »Hier ist das Huhn.«

»Ich muss zum Arzt«, sagte Blaura. »Vielleicht hab ich mir einen Zeh gebrochen.«

»Zuerst müssen wir das Huhn fangen«, sagte Schwarzke.

»Aber mein Zeh!«, sagte Blaura weinend.

»Wir können jetzt nicht aufgeben«, sagte Schwarzke.

»Ich seh das Huhn«, sagte Brauno. Er leuchtete mit der Taschenlampe durch die Öffnung in der Wand. »Es hockt in einer Ecke.«

»Wir müssen hier weg«, sagte Blaura. »Es tut so weh.«

»Nur noch drei Sekunden«, sagte Schwarzke.

Da hörten sie die Haustür zuschlagen. »Hallo?«, rief der Ladenbesitzer.

»Mach deine Taschenlampe aus«, flüsterte Blaura.

»Das ist nicht meine«, sagte Brauno.

Der Strahl einer Taschenlampe glitt über den Hof und weiter über das hohe Gras. Das Licht drang auch durch die Ritzen im Schuppen.

»Ist da jemand?«, rief der Ladenbesitzer.

Blaura hielt sich den Mund zu. Schwarzke sah, dass sie Tränen in den Augen hatte.

Die Schritte des Ladenbesitzers näherten sich, und der Strahl seiner Taschenlampe kreiste unablässig. Dann hörten sie, wie er die Schuppentür öffnete. »Hat dich der Fuchs in die Fänge gekriegt?«, sagte er zum Huhn. »Dann darfst du heute Nacht mit ins Haus.«

Das Huhn gackerte, als der Ladenbesitzer es hochhob. Dann entfernte er sich über den Hof und ging wieder ins Haus.

Blaura ließ die Hand sinken.

»Wir müssen abhauen«, sagte Bruno. »Das ist ja sinnlos.«

Im Haus brannte jetzt Licht, und sie sahen den Ladenbesitzer, wie er dort drinnen auf und ab ging.

»Wir müssen uns was einfallen lassen, wie wir das Huhn aus dem Haus kriegen«, sagte Schwarzke.

»Das ist doch total unmöglich«, sagte Blaura. »Ich muss jetzt heim. Vielleicht muss ich ins Krankenhaus.«

Sie konnte nicht allein gehen, die beiden anderen Superhelden mussten sie stützen, während sie über die Straße humpelte. Schließlich erreichten sie den Bootsschuppen und arbeiteten sich langsam den Hang hinauf.

6

Matze hatte mindestens zehn Mal an Lauras Haustür geklingelt, aber niemand öffnete. Nach einer Weile ging er weiter zu Bruno. Der war zu Hause, und zusammen kehrten sie zurück zu Laura, aber auch jetzt öffnete niemand. Sie setzten sich auf die Treppe. Schließlich fand Matze, dass es sinnlos war, länger zu warten, und er war gerade dabei, durch die Hecke zu kriechen, als sie das Auto von Lauras Mama in die Zufahrt einbiegen hörten.

»Hallo, Bruno«, sagte Lauras Mama und winkte.

Matze krabbelte wieder aus der Hecke.

Laura war auch im Auto, und ihre Mama half ihr beim Aussteigen. Ihr Fuß war eingipst, und sie brauchte Krücken beim Gehen.

»Oje«, sagte Matze. »War es so schlimm?«

Lauras Mama sah zwischen Matze und Bruno hin und her. »Weißt du, dass Laura sich heute Nacht verletzt hat?«

»Äh … nein«, sagte Matze. »Das sieht schlimm aus, hab ich gemeint.«

»Ich hab's geschafft, mich heute Nacht am Fuß zu verletzen. Ich bin gestolpert und hab eine alte Vase umgeschmissen«, erklärte Laura.

»Ja, die Vase hätte nicht im Flur stehen sollen«, sagte Lauras Mama.

»Es ist schade um die Vase«, meinte Laura.

»Sie ist dir also auf den Fuß gefallen?«, fragte Bruno.

»Ja, und dabei hab ich mir einen Knochen gebrochen.

Der Arzt hat gesagt, der Bruch ist ziemlich kompliziert. Und die Vase ist dabei kaputtgegangen.«

»Es war ja nur eine alte Vase von Großmutter«, sagte Lauras Mama.

»Die war wirklich furchtbar hässlich«, sagte Laura. »Papa hat sich schon immer gewünscht, dass sie umfällt und in tausend Stücke zerbricht.«

Bruno und Matze lachten.

»Was für ein Glück, dass gerade diese Vase auf deinen Fuß gefallen ist«, sagte Matze.

Nachdem Laura sich die Treppe zu ihrem Zimmer hinaufgequält hatte, schlossen sie die Tür, damit ihre Mama sie nicht hören konnte.

»Der Arzt wollte nicht glauben, dass es nur eine Vase war«, sagte Laura. »Aber ich hab ihm erklärt, dass es eine sehr alte und schwere Vase war, da hat er mir schließlich geglaubt.«

»Aber wie sollen wir das Huhn jetzt befreien?«, fragte Matze.

»Wir müssen aufgeben«, sagte Laura, »und sollten lieber die Polizei rufen, die kann das dann aufklären.«

»Du hast recht«, sagte Bruno. »Es ist besser, die nehmen den Ladenbesitzer fest.«

»Wir können die Polizei nicht rufen«, sagte Matze.

»Ich kann jedenfalls nichts mehr tun«, sagte Laura.

»Kannst du wohl«, sagte Matze. »Du spionierst dem Ladenbesitzer nach, während Bruno und ich das Huhn holen.«

»Ja, du kannst vor seinem Laden sitzen und ihn im Auge behalten«, sagte Bruno.

»Soll ich da bloß sitzen?«, fragte Laura.

»Du bist doch so gut im Spionieren«, sagte Bruno. »Tu so, als würdest du Waffeln für den Sportverein verkaufen.«

»Ich bin ja nicht mal in einem Sportverein«, sagte Laura. »Wir sollten doch lieber die Polizei rufen.«

»Du kannst natürlich auch Waffeln verkaufen, um das Geld armen Kindern in einem anderen Land zu schenken«, sagte Bruno.

»Prima Idee!«, meinte Matze.

»Ich weiß nicht«, sagte Laura. »Das könnte funktionieren, aber wir müssen vorsichtig sein, ich glaube, der Ladenbesitzer hat uns in Verdacht.«

Viele Stunden hatten sie zusammengesessen und alles geplant. Laura würde sich um den Waffelteig kümmern, und Matze und Bruno würden anfangs beim Waffelstand mit dabei sein. Sie würden außerdem die Walkie-Talkies mitnehmen, und Laura sagte, sie bräuchten einen Geheimcode, damit niemand verstand, wovon sie redeten. »Die Waffeln sind kalt« bedeutete, dass niemand in Gefahr war, und »Die Waffeln sind warm« bedeutete, dass der Ladenbesitzer auf dem Weg nach Hause war.

Matze hatte sich daheim noch einmal in den Keller gewagt. Gerade quälte er sich mit einem alten Campingtisch ab, der voller brauner, klebriger Flecken war. Als er ihn die Treppe hinaufschleppte, kam seine Mama.

»Warum hast du denn das alte Ding vorgezerrt?«, fragte sie.

»Laura möchte ihn leihen«, sagte Matze. Er ging in die Küche und holte einen Wischlappen, mit dem er die Flecken bearbeitete.

»Du musst ihn richtig abwischen«, sagte seine Mama. »Was habt ihr eigentlich vor?«

»Ich brauche auch noch das Waffeleisen«, sagte Matze. »Laura will Geld für arme Kinder im Ausland sammeln.«

»Das ist aber lieb von ihr«, sagte seine Mama. »Jetzt hol mal einen Eimer mit warmem Wasser und Schmierseife.«

Matzes Papa half, den Campingtisch und das Waffeleisen zum Laden zu tragen. Bruno und Laura waren schon da. Laura saß auf der Bank, neben sich die Krücken und auf der anderen Seite eine große Schüssel mit Waffelteig und ein Schild.

»Wir brauchen Strom«, sagte Laura. »Am besten, wir fragen den Ladenbesitzer.«

»Ob das schlau ist?«, sagte Bruno. »Vielleicht wird er misstrauisch.«

Aber ehe sie sich entschieden hatten, ob sie hineingehen und fragen sollten, kam der Ladenbesitzer nach draußen. Matze fiel auf, dass bei dem Kapuzenpullover die Schnur fehlte.

Der Ladenbesitzer nickte ihnen zu, und im selben Augenblick fiel sein Blick auf den Campingtisch und das Waffeleisen. »Was treibt ihr denn da?«, fragte er.

»Oh nein«, flüsterte Laura. »Jetzt durchschaut er uns.«

»Wir wollten nur fragen, ob wir eine Steckdose von Ihnen benutzen können«, sagte Bruno. »Wir wollen so gern armen Kindern helfen.«

»Hm«, machte der Ladenbesitzer und kam näher. Er entdeckte das Schild.

UNTERSTÜTZT
DIE ARMEN
IN SCHWEDEN

KINDER

10 KRONEN

»Unterstützt die armen Kinder in Schweden?«, las er laut. »So was Blödes hab ich noch nie gehört. In Schweden gibt es doch gar keine armen Kinder.«

»Wusste ich's doch«, sagte Matze. »In anderen Ländern gibt es viel ärmere Kinder.«

»Dann müssen wir das Schild ändern«, sagte Laura.

»Kommt mit«, sagte der Ladenbesitzer. »Ich zeig euch die Steckdose. Ihr könnt auch einen Filzmarker von mir leihen. Das dämliche Schild müsst ihr nämlich ändern.« Laut lachend ging er zurück in den Laden.

»Puh!«, machte Bruno. »Er hat uns nicht in Verdacht.«

»Sei leise«, sagte Laura. »Verhaltet euch ganz normal!«

Laura blieb auf der Bank sitzen und wartete, während Matze und Bruno dem Ladenbesitzer folgten.

Die beiden kamen mit einer Verlängerungsschnur zurück. Sie strichen *Schweden* auf dem Schild durch und schrieben stattdessen *Afrika* hin. Und schon bald verbreitete sich der Duft von Waffeln um den Laden und die Straßen hinauf.

Matze und Bruno schlichen sich weg vom Waffelverkauf. Laura blieb da und behielt den Ladenbesitzer im Auge.

Als Matze und Bruno den Bootsschuppen erreichten, schaltete Matze das Walkie-Talkie ein. Zuerst ertönte ein mächtiges Geheul, dann begann es zu knistern.

»Hallo, hallo«, sagte Matze. »Wie sind die Waffeln? Roger.«

Sie hörten Lauras Stimme durch das Gepiepse und Geknister hindurch. »Die Waffeln sind kalt«, sagte sie. »Ich wiederhole: Die Waffeln sind kalt. Roger.«

»Roger. Over and out«, sagte Matze. Er sah Bruno an und nickte.

Sie hatten zwei Tüten unter dem Bootsschuppen versteckt, und jetzt zog jeder seinen Umhang hervor, knotete ihn um den Hals und setzte die Maske auf. Wenig später huschten zwei Schatten am Waldrand entlang. Ein brauner und ein schwarzer.

Es war nicht dunkel, deswegen mussten sie besonders vorsichtig sein.

Die beiden Superhelden liefen geduckt durch das Getreidefeld. Bald hatten sie das Haus des Ladenbesitzers erreicht. Schwarzke spähte durch eins der Fenster, aber drinnen war alles dunkel. Sie gingen um das Haus herum und überprüften die Haustür. Die war abgeschlossen. Daraufhin lief Brauno zum Schuppen, aber die Tür war ebenfalls verschlossen. Kein Huhn weit und breit.

Als Nächstes gingen sie hinter das Haus, wo sich das Gras hoch an der Wand entlangreckte. Schließlich entdeckten sie eine Kellerluke. Als Brauno sie öffnete, knirschte es mächtig. Schwarze Käfer flogen auf. Es roch nach Kloake.

»Da müssen wir runter«, sagte Brauno. »Vielleicht ist es die einzige Möglichkeit, reinzukommen.«

»Ich glaub nicht, dass das Huhn da unten ist«, sagte Schwarzke. »Außerdem stinkt es nach Klo.«

»Hätte sich dein Großvater von ein bisschen Klogestank aufhalten lassen?«, fragte Brauno.

Er kletterte die Stufen als Erster hinunter und kam zu einer Tür. Sie war nur mit einem Haken verschlossen. Brauno hob ihn an. Schwarzke stand auf der obersten Stufe und sah zu ihm nach unten.

»Komm jetzt«, sagte Brauno. »Wollen wir das Huhn finden oder nicht?«

»Doch, klar …« Er folgte Brauno.

Bald war es stockfinster um sie herum. Schwarzke musste sich fast übergeben, so sehr stank es hier unten. Sie konnten nicht sehen, wohin sie gingen, und plötzlich schepperte irgendetwas.

Brauno stöhnte. »Aua!«, sagte er. »Wir müssen aufpassen.«

»Das ist unmöglich«, sagte Schwarzke.

»Wir müssen die Treppe finden«, sagte Brauno.

Sie tasteten sich durch klebrige Spinnweben vorwärts. Schwarzke ging dicht neben Brauno. Nach einer Weile gewöhnten sich ihre Augen an die Dunkelheit. Sie erkannten Holzkisten, Styroporverpackungen und alte zerfledderte Reklameplakate.

»Hier lang«, flüsterte Brauno. »Ich sehe die Treppe.«

Sie kletterten über einen Stapel grüner Obstkisten und kamen zu einer schmalen Treppe. Die Stufen knarrten, als sie hinaufgingen. Die Tür oben war offen, und schon standen sie im Flur.

»Jetzt haben wir das Huhn gleich gefunden«, sagte Schwarzke und lief von Zimmer zu Zimmer. »Putt, putt, putt«, lockte er.

Brauno stieg zum nächsten Stockwerk hinauf. Schwarzke hörte seine Schritte da oben.

»Putt, putt, komm raus«, lockte Schwarzke weiter.

Das Wohnzimmer war voller weißer Federn, und eine Ecke hinter dem Fernseher hatte der Ladenbesitzer mit Hühnerdraht abgesperrt.

Dort saß das weiße preisgekrönte Huhn des Bürgermeisters.

»Hab's gefunden!«, rief Schwarzke. Er sah das Huhn an und sagte ruhig: »Jetzt rette ich dich vor dem bösen Ladenbesitzer.« Er schaute sich um. »Ich muss bloß noch was finden, worin ich dich transportieren kann. Wir haben vergessen, einen Sack mitzunehmen, wir hätten etwas …«

Brauno kam zu ihm nach unten. »Gute Arbeit!«, sagte er.

In dem Augenblick piepste das Walkie-Talkie. Sie hörten Lauras Stimme durch das Geknister.

Die Waffeln sind glühend heiß! Beeilt euch, gleich verbrennen die Waffeln!

Schwarzke riss sich den Umhang herunter und warf ihn über das Huhn. Im nächsten Moment lag es in einem Bündel auf seinem Rücken. »Jetzt befreien wir dich«, flüsterte er.

Sie hörten ein Motorengeräusch, das rasch näher kam. Und schon sahen sie das Auto des Ladenbesitzers in voller Fahrt auf das Haus zukommen. Es zog eine Staubwolke hinter sich her. Brauno und Schwarzke standen vor Schreck stocksteif da.

Als die Autotür zufiel, kam Brauno wieder zu sich. »In den Keller«, rief er.

Die beiden Superhelden stürmten zur Kellertür und schafften es gerade noch, sie hinter sich zu schließen, ehe der Ladenbesitzer die Haustür öffnete. Er ging an der Kellertür vorbei und rumorte im Wohnzimmer herum. Seine Stimme begann zu locken: »Komm, du mein feines preisgekröntes Huhn! Komm, komm!«

Schwarzke und Brauno schlichen vorsichtig die Treppe hinunter, aber die Stufen knarrten.

Sie blieben stehen. Schwarzke fühlte, wie sein Herz hämmerte. Die Stimme des Ladenbesitzers war verstummt.

»Ein Glück, dass wir unsere Masken aufhaben«,

sagte Brauno. »Wenn der Ladenbesitzer uns entdeckt, weiß er nicht, wer wir sind.«

Jetzt lockte der Ladenbesitzer wieder: »Komm doch, mein Hühnchen, dann kriegst du Mais!«

Schwarzke und Brauno schlichen weiter die Treppe hinunter, bei jedem Schritt knackten die Stufen leise. Als sie unten ankamen, gab das Walkie-Talkie einen lauten Piepston von sich.

Die Kellertür wurde aufgerissen. Das Licht blendete die beiden Jungen.

»Lauf!«, rief Brauno, und sie stolperten über leere Kisten.

»He! Stehen bleiben!«, rief der Ladenbesitzer hinter ihnen her.

In kürzester Zeit waren Schwarzke und Brauno draußen. Sie warfen die Luke hinter sich zu.

»Los, zum Bootsschuppen!«, rief Brauno.

Schwarzke blickte über die weite Fläche, hinter der der Bootsschuppen lag. Der Weg dorthin schien endlos. »Das schaffen wir nie«, sagte er. Er lief um das Haus herum.

Brauno folgte ihm atemlos.

Vor dem Haus stand das Auto geparkt.

»Wir verstecken uns im Schuppen«, flüsterte Schwarzke.

Sie hörten den Ladenbesitzer von der Rückseite des Hauses rufen.

Sie liefen auf die weiße Schuppentür zu. Als Schwarzke sie öffnen wollte, bemerkte er das Vorhängeschloss.

»Was machen wir jetzt?«

»Ich tu euch nichts«, rief der Ladenbesitzer hinter ihnen.

»Schnell!«, rief Schwarzke. »Wir steigen in den Laderaum vom Auto.«

Und schon öffnete Brauno die Tür zur Ladefläche und sprang hinein. Er streckte eine Hand aus und half Schwarzke, der das Hühnerbündel unter dem Arm trug. Sie zogen die Tür zu und krochen hinter einige leere Pappkartons. Im Auto roch es nach verfaulten Bananen, und es war stockdunkel. Von draußen hörten sie den Ladenbesitzer rufen. Er bat sie, herauszukommen.

»Wenn ihr mir das Huhn zurückgebt, setzt es keine Prügel!«, rief er.

»Es ist verboten, Kinder zu verprügeln«, flüsterte Brauno. »Wenn er das macht, kommt er ins Gefängnis.«

»Das soll er nur wagen«, flüsterte Schwarzke. »Mein Onkel ist Polizist, ich brauche ihn nur anzurufen.«

Wieder piepste das Walkie-Talkie. Brauno versuchte, es unter seinen Umhang zu stecken, damit das Piepsen nicht zu hören war.

»Laura hier!«, ertönte Lauras Stimme durch das Knistern. »Braucht ihr noch mehr Eier für den Waffelteig? Ich wiederhole: Braucht ihr noch mehr Eier für den Teig? Over.«

»Wir müssen antworten«, flüsterte Brauno.

»Wir müssen still sein«, flüsterte Schwarzke. »Wenn er uns jetzt findet, werden wir mit dem Huhn zusammen eingesperrt.«

»Ich antworte trotzdem«, flüsterte Brauno. Er drückte auf einen Knopf und sprach so leise wie möglich ins Mikrofon. »Der Teig ist fertig, aber wir kommen nicht raus. Over.«

»Ich kann nichts verstehen!«, rief Lauras Stimme.

Es piepste und knisterte so doll, dass sie den Ladenbesitzer draußen nicht mehr hören konnten.

»Wir sitzen im Laderaum vom Lieferwagen fest«, sagte Brauno etwas lauter. »Hinten im Auto! Over!«

Er hatte es kaum ausgesprochen, da wurde die Tür geöffnet. Licht strömte herein, und die Pappkartons, hinter die sie gekrochen waren, waren viel zu klein, um zwei Jungen zu verstecken. Draußen stand der Ladenbesitzer und schaute sie an. Sein Gesicht war ganz rot, und seine Augen leuchteten.

Schwarzke versuchte, weiter nach hinten zu rutschen. Aber dort war kein Platz mehr.

Der Ladenbesitzer zeigte auf das Bündel in Schwarzkes Händen. »Her damit! Ich hab doch gewusst, dass ihr was im Schilde führt.«

Schwarzke hielt das Bündel fest.

»Warum tragt ihr diese idiotischen Masken?«, fragte der Ladenbesitzer. »Jetzt gebt mir endlich das Huhn!«

Brauno nahm die Maske ab und wurde wieder Bruno. »Gib ihm das Huhn«, flüsterte er. »Vielleicht kommen wir hier doch noch heil raus.«

»Her mit dem Huhn!«, rief der Ladenbesitzer. »Ihr entwischt mir sowieso nicht!«

»Es ist nicht Ihr Huhn«, sagte Schwarzke.

»Klar ist das meins«, sagte der Ladenbesitzer lachend.

»Sie haben es geklaut«, sagte Schwarzke.

»Quatsch«, sagte der Ladenbesitzer. »Jetzt gib's schon her, es gehört mir!«

»Wir haben verloren«, flüsterte Bruno. »Wir müssen es ihm geben.«

Jetzt nahm Schwarzke seine Maske ebenfalls ab und wurde wieder Matze. »Sie haben das Huhn geklaut«, sagte er. »Dem Bürgermeister!«

»Pöh! Ich hab's gerettet«, fauchte der Ladenbesitzer.

»Es war tagelang in einem kleinen Schuppen eingesperrt und hätte sterben können.«

»Der Schuppen gehört meiner Großmutter«, sagte Matze. »Ich hab das Huhn im Wald gefunden und es in den Schuppen gelockt. Ich wollte nur noch den Bürgermeister holen.«

»Das kann nicht sein«, sagte der Ladenbesitzer. »Es hat mehrere Tage lang gegackert und gejammert. Deshalb habe ich schließlich die Tür aufgebrochen. Ich habe es gerettet.«

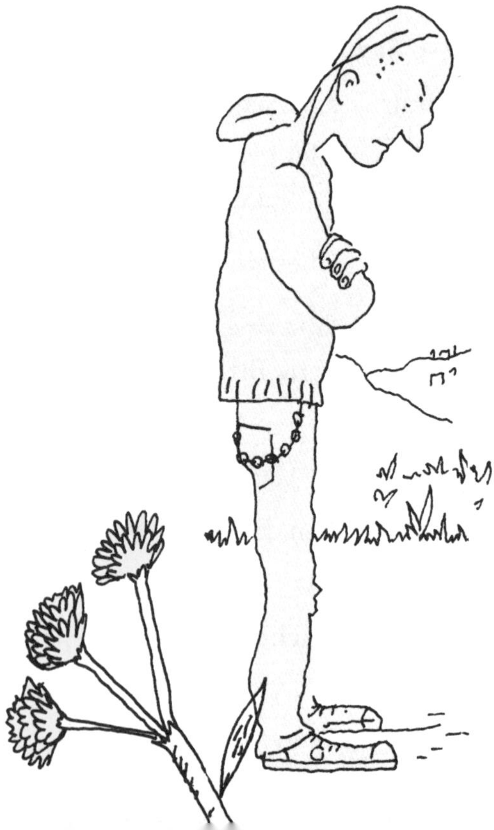

»Ich bin krank geworden«, sagte Matze.

»Ehrlich wahr!«, bestätigte Bruno.

»So ist es«, sagte Matze. »Und als ich wieder gesund war, hatten Sie das Huhn geklaut. Ich wette, der Bürgermeister freut sich, wenn er erfährt, dass Sie sein Huhn gestohlen haben.«

»Es ist so hübsch!«, sagte der Ladenbesitzer. »Ich musste es doch sowieso retten. Ich hab's nicht gestohlen … Ich …« Er wurde wieder forsch. »Pah«, sagte er. »Der Bürgermeister würde niemals auf ein paar Rotzlöffel hören. Jetzt gebt mir das Huhn!«

»Auf keinen Fall«, sagte Matze. »Ich gehe sofort zum Bürgermeister.«

»Ja, ja, erzähl ihm nur, dass ich der Hühnerdieb bin. Er wird euch niemals glauben. Kein Mensch hört auf dumme Kinder.«

Matze sah sich ängstlich um, hier gab es nichts, was sie noch retten konnte. Keine Türen, nichts, wohinter sie sich verstecken konnten.

Bruno saß neben ihm und hielt das Walkie-Talkie fest. Ängstlich sah er Matze an. »Wir müssen hier weg«, flüsterte er.

Matze schaute zwischen dem Walkie-Talkie und dem Ladenbesitzer hin und her. Der machte ein strenges Gesicht, aber Matze nahm das Walkie-Talkie und stand auf. Unter dem anderen Arm hatte er das Bündel mit dem Huhn.

»Er wird uns glauben«, sagte Matze. »Wir haben nämlich alles, was Sie gesagt haben, aufgenommen.« Er streckte das Walkie-Talkie vor. »Lassen Sie uns sofort raus, sonst geht Laura mit der Aufnahme zum Bürgermeister.«

»Häh?«, sagte der Ladenbesitzer. Er starrte auf das Walkie-Talkie.

Bruno sah Matze erstaunt an, stand aber schnell auf. »Jetzt wissen Sie Bescheid«, sagte er. »Alles ist aufgenommen. Sie kommen ins Gefängnis, wenn Sie uns nicht sofort mit dem Huhn rauslassen.«

»Aber …«, begann der Ladenbesitzer. »Ich hab doch gar nicht gesagt …«

»Sie haben genug gesagt. Wir werden ja sehen, wem der Bürgermeister und die Polizei glauben.«

BANANA

»Ja«, sagte Bruno. »Matzes Onkel ist nämlich Polizist. Ihnen wird's also schlecht ergehen, wenn Sie uns nicht freilassen.«

»Ja«, bekräftigte Matze. »Jedenfalls beinahe.«

Der Ladenbesitzer zuckte zusammen. Er schaute zu Boden. »Okay, dann haut ab«, sagte er und zeigte zur Straße. »Wenn sowieso schon alles aufgenommen ist!«

»Ehrlich?«, fragte Bruno.

»Ja, haut ab«, wiederholte der Ladenbesitzer. »Und nehmt dieses blöde Huhn mit! Das legt ja eh keine Eier!«

Matze und Bruno sprangen aus dem Auto.

Der Ladenbesitzer sah sie wütend an. »Jetzt verschwindet«, rief er. »Sonst überlege ich es mir noch anders, und ihr kriegt eine Abreibung.«

»Kinder zu verhauen ist verboten!«, rief Matze, ehe sie vom Hof liefen.

Als Lauras Mama ihnen die Tür öffnete, waren Matze und Bruno so außer Atem, dass sie kein Wort herausbrachten. Sie standen mit roten Gesichtern da und schnappten nach Luft. Lauras Mama sah sie freundlich an. Matze versuchte, das Bündel mit dem Huhn hinter seinem Rücken zu verstecken.

»Laura ist in ihrem Zimmer«, sagte Lauras Mama und ließ die beiden ins Haus.

Laura saß an ihrem Schreibtisch und zählte die Einnahmen vom Waffelverkauf. Nun bekam sie alles zu hören, was die Jungen zu erzählen hatten. Das Huhn trippelte währenddessen im Zimmer umher, gackerte ein bisschen und fand ein Versteck hinter dem Bett.

»Du hättest mal sein Gesicht sehen sollen, als Matze ihm vorgelogen hat, dass wir alles aufgenommen haben«, sagte Bruno.

Alle drei lachten.

»Was für ein Glück, dass du so gut lügen kannst«, sagte Bruno.

»Ich?«, fragte Matze.

»Ja, du bist einfach klasse, niemand kann so tolle Lügen erfinden wie du.« Laura lachte.

»Ich lüge doch nie!«, sagte Matze.

Laura und Bruno guckten sich an und kicherten.

»Ich lüge nicht«, sagte Matze. »Egal, jetzt müssen wir die Zeitung anrufen, damit ich das Huhn zurückgeben kann.«

»Ich hab die Telefonnummer von einem Reporter«, sagte Laura und angelte einen Zettel aus der Geldkassette.

»Woher hast du die denn?«, fragte Matze.

»Mit dem hab ich gesprochen, als ich die Waffeln

verkauft habe«, sagte Laura. »Er fand das so toll, dass ich armen Kindern helfen will, dass er mich interviewt hat.«

»Kommst du in die Zeitung?«, fragte Matze.

»Wow!«, sagte Bruno.

»Das wird bestimmt nur eine kleine Notiz«, sagte Matze.

»Wo ist denn das Huhn geblieben?«, fragte Laura.

»Hier sitzt es«, sagte Bruno.

Das Huhn hockte ganz still auf einem Kissen hinter Lauras Bett.

»Wir sollten versuchen, es rauszuschmuggeln, bevor Mama was merkt«, sagte Laura.

»Nun guckt doch mal!«, platzte Bruno heraus. »Das Huhn hat ein Ei gelegt.«

7

Die Bäume im Ort wiegten sich mit ihren gelben Blättern im Wind, und die Sonne glitzerte in den Pfützen auf den Straßen. Auf dem Kirchturm saß eine Möwe und wartete darauf, dass etwas passierte. Unten auf der Erde grasten vier braune Pferde. Ein kleines rotes Auto fuhr langsam durch die Siedlung und bog auf den Hof des Bürgermeisters ein. Aus dem Auto hüpfte ein dicker Mann mit vielen Locken auf dem Kopf. Um den Hals trug er eine Kamera an einem Riemen, und in der Hand hielt er einen Notizblock.
Der Hund des Bürgermeisters fing sofort an zu bellen.
Gleich darauf kam der Bürgermeister aus dem Haus.
Er kannte den Mann, der ihn besuchen kam.

»Du willst mich interviewen? Um was geht es denn?«, fragte er den Zeitungsreporter.

Der schlug seinen Notizblock auf. »Was ist das für ein Gefühl, dass du dein preisgekröntes Huhn zurückbekommen hast?«

Der Bürgermeister sah den Reporter mit einem seltsamen Blick an. Dann schaute er zu den Hühnern, dorthin, wo das preisgekrönte Huhn früher einmal herumgetrippelt war. Aber es war nicht dort. »Wovon redest du?«

»Von deinem preisgekrönten Huhn!«, sagte der Reporter. »Ich habe einen Anruf bekommen, dass es endlich wieder da ist.«

»Dich hat wohl jemand veräppelt«, sagte der Bürgermeister. »So ein Schlingel!«

»Was?« Der Reporter wirkte schockiert. »Die Zeitung zu belügen«, sagte er. »Das ist doch unerhört! Warum sollte jemand –«

»Aber wenn ich rauskriege, wer der Dieb ist, rufe ich dich sofort an«, sagte der Bürgermeister. »Der Schurke hat es verdient, dass sein Name und Bild in der Zeitung abgedruckt werden, damit alle wissen, was für ein –« Der Bürgermeister ballte die Hände zu Fäusten, während er das sagte.

»Ja, ja, dann muss ich jetzt wohl weiter«, sagte der Reporter und sprang in sein Auto.

In dem Augenblick, als er den Zündschlüssel umgedreht und den Motor gestartet hatte, entdeckte er den kleinen Umzug, der auf sie zukam.

Voran ging Matze mit einem Rucksack auf dem Rücken und neben ihm Bruno. Dahinter kamen andere Jungen und Mädchen aus dem Ort. Matze hatte ihnen erzählt, er komme in die Zeitung, und sie waren ihm auf ihren Fahrrädern gefolgt.

»Was soll das denn?«, fragte der Bürgermeister.

Der Reporter sprang wieder aus dem Auto und beobachtete zusammen mit dem Bürgermeister, wie sich die Kinder langsam näherten. Der Reporter hob die Kamera und machte einige Bilder.

»Ich bringe das preisgekrönte Huhn!«, sagte Matze.

Jetzt hatten sie den Bürgermeister erreicht, und Matze schwang den Rucksack von seinem Rücken. Er gab ihn dem Bürgermeister. »Ich habe es vor einem Wolf und einem Fuchs im Wald gerettet«, sagte Matze.

»Ihr habt das Huhn gefunden!«, rief der Bürgermeister. Er öffnete den Rucksack, und das Huhn guckte zu ihm auf. »Danke, tausend Dank euch allen«, sagte er.

PHOTO
PHOTO

»Nein, ich war das, der –«, begann Matze.

»Das ist ja eine fantastische Geschichte«, sagte der Reporter. »Erzähl mehr von dem Wolf!«

»Also, ich ging ganz allein im Wald spazieren, da hab ich dieses Geräusch gehört –«

»Fantastisch!«, sagte der Bürgermeister. Er hielt das Huhn auf dem Arm und küsste es. »Es hat sich also verlaufen, und ihr habt es gefunden.«

»Erzähl mehr«, sagte der Reporter. »Wie habt ihr es geschafft, den Wolf zu verjagen?«

»Aber … aber …«, sagte Matze. »Ich hab das Huhn gackern gehört, und weil ich die Zeitung lese, wusste ich, dass der Bürgermeister –«

»Unglaublich«, sagte der Reporter. »Wir haben noch nie von einem Wolf in diesem Wald gehört, das kommt bestimmt auf die erste Seite!«

»Echt?«, fragte Matze.

»Mein fantastisches Huhn!« Der Bürgermeister weinte vor Freude. »Wie kann ich euch nur danken?«

»Das war nur ich …«, versuchte Matze zu erklären. »Der Wolf war gruselig, ich hab mit einem Knüppel nach ihm geworfen, und das Huhn stand ganz verschreckt da.«

»Diese Kinder sind wirklich einzigartig«, sagte der Bürgermeister. »Sie verdienen eine Belohnung!«

»Also, das war ich allein –«, fing Matze wieder an.

»Könnten wir nicht einen Fußballplatz kriegen?«, rief eins der Mädchen.

»Ja«, riefen mehrere andere Kinder.

»Lass mich ein Foto von dir und dem Huhn machen«, sagte der Reporter zu dem Bürgermeister.

»Einen Fußballplatz?« Der Bürgermeister guckte ganz verdutzt.

»Die Gemeinde kann uns ja einen neuen Fußballplatz schenken«, rief das Mädchen. »Sind Sie denn nicht der Besitzer der Gemeinde?«

»Das schon …«, sagte der Bürgermeister.

»Jetzt steh mal still, damit ich dich fotografieren kann«, sagte der Reporter.

»Soll ich nicht mit aufs Bild?«, fragte Matze.

»Na klar«, sagte der Reporter. »Stell dich da hin.« Er zeigte auf eine Stelle und schraubte ein wenig an seinem Fotoapparat herum.

»Und was ist mit uns?«, fragte ein Junge aus der Gruppe.

»Ihr natürlich auch!«, rief der Reporter. »Stellt euch alle hinter den Bürgermeister.«

»Aber ich hab doch das Huhn gefunden!«, sagte Matze.

Die ganze Horde reihte sich nun hinter Matze und dem Bürgermeister auf. Bruno stellte sich neben Matze.

»Und Bruno hat mir geholfen«, fügte Matze hinzu.

»Ja, das sind wirklich tüchtige Kinder«, sagte der Reporter.

Alle redeten durcheinander und das Huhn begann zu gackern. Es drehte den Kopf und schlug vorsichtig mit den Flügeln.

»Aber ich war das doch, der –«, versuchte Matze es noch einmal.

Der Reporter sah ihn kurz an. »Du kannst ja das Huhn halten«, sagte er. »Das wird ein schönes Bild.«

Der Bürgermeister reichte es Matze. »Sei vorsichtig!«, sagte er. »Die ganze Aufregung ist ein bisschen zu viel für das Huhn.« Es gackerte und wand sich auf Matzes Arm.

»Jetzt mal stillhalten«, rief der Reporter. »Lächeln!«

Und im selben Augenblick, als er abdrückte, flatterte das preisgekrönte Huhn auf, sodass die Federn flogen.

»Es hat sich erschreckt«, sagte der Bürgermeister und lief hinter dem Huhn her.

»Das kommt morgen ganz groß in der Zeitung«, sagte der Reporter, bevor er wieder in das kleine rote Auto sprang. Gleich darauf schoss es in einer Staubwolke in voller Fahrt davon.

»Der hatte es aber eilig«, sagte Bruno.

»Ich komme bestimmt auf die erste Seite!«, sagte Matze.

Der Bürgermeister hatte das Huhn eingefangen und streichelte es mit Tränen in den Augen.

Auf dem Weg nach Hause wich Matze schwarzen Schnecken auf dem Asphalt aus. Da entdeckte er das Auto von der Bäckerei, das mit den dunklen Scheiben. Es parkte vor dem Laden. Matze wollte dem Ladenbesitzer nicht begegnen, schlich sich aber trotzdem an, um durch die Scheiben des Autos zu schauen. Drinnen war es ganz dunkel und unmöglich, etwas zu erkennen. Während er noch durch das Fenster spähte, hörte er hinter sich eine Stimme.

»Hörst du denn überhaupt nicht auf zu spionieren?« Es war Sandy.

»Ich wollte dir nur etwas sagen«, sagte Matze.

»Es ist echt nervig, dass du dauernd spionierst«, sagte Sandy.

»Jetzt könnt ihr hier wohnen bleiben«, sagte Matze.

»Und«, sagte Sandy, »warum sollten wir das tun?«

»Weil ich jetzt auch berühmt werde!«

»Du?« Sandy schnaubte durch die Nase.

»Morgen ist mein Bild auf der ersten Seite in der Zeitung«, sagte Matze.

»Pah, was ist das schon«, sagte Sandy. »Mama ist in den USA jeden Tag in der Zeitung.«

»Jeden Tag? Wie schafft sie das denn?«

»Ist doch ganz einfach«, sagte Sandy. »Wenn man so berühmt ist wie sie.«

Sandys Mama kam aus dem Laden. Sie lächelte dem Ladenbesitzer zu, der hinter ihr in der Tür auftauchte. Er zog eine Grimasse, als er Matze entdeckte. Matze versuchte, sich hinter Sandy zu verstecken.

»Tausend Dank für den guten Service!«, sagte Sandys Mama zum Ladenbesitzer und lächelte.

Der lächelte zurück.

»Unser neuer Wohnort ist wirklich sehr nett, Merete!«, sagte sie. »Hier wird es uns gut gefallen.«

Sandy gab keine Antwort. Sie setzte sich ins Auto und knallte die Tür zu. Ihre Mama unterhielt sich noch ein bisschen mit dem Ladenbesitzer, und Matze schlich davon.

8

Am nächsten Morgen wurde Matze vom Kaffeegeruch wach. Die Sonne schien durchs Fenster, und er hörte seine Mama in der Küche singen. Er wollte sich noch einmal gemütlich umdrehen, da fiel es ihm ein. Die Zeitung!

Er sprang aus dem Bett. Er hatte kaum Zeit, seine Hose anzuziehen, und während er die Leiter hinunterkletterte, versuchte er, sein T-Shirt überzustreifen. Auf der letzten Leitersprosse stolperte er, hielt sich aber auf den Beinen. Draußen lief er barfuß zum Briefkasten. Der war immer voller Ohrenkneifer, und Matze musste die Zeitung ordentlich ausschütteln, bevor er sie ins Haus mitnehmen konnte. Die Ohrenkneifer fielen auf die Erde und krabbelten schnell davon.

Matze schlug die Zeitung auf. Auf der ersten Seite stand in großen Buchstaben *WOLF IM WALD*. Es gab kein Foto von Matze oder dem Huhn oder dem Bürgermeister, aber unter der großen Überschrift stand: *Das preisgekrönte Huhn des Bürgermeisters wurde in letzter Minute vor einem ausgehungerten Wolfsrudel gerettet, mehr auf Seite 4 und 5.*

»Das hab ich doch gar nicht gesagt«, murmelte Matze vor sich hin.

Als er in die Küche kam, saß seine Mama am Tisch und frühstückte. Sie schob Matze den Milchkarton und die Leberpastete zu. Er breitete die Zeitung auf dem Tisch aus.

»Was liest du denn da?«, fragte seine Mama und warf einen Blick auf die Zeitung.

Matze gab keine Antwort. Schnell blätterte er bis zu Seite vier und fünf. In der Mitte war ein großes Foto.

»Ach, guck mal, das ist ja Bruno!«, rief seine Mama aus.

Das Foto zeigte ein Huhn, das mit den Flügeln schlug, die Federn flogen nach allen Seiten. Daneben stand der Bürgermeister und lächelte, und hinter ihm ragten die Köpfe der anderen Kinder auf. Am Rand des Fotos war Bruno zu erkennen.

»Aber ich bin ja gar nicht mit drauf«, sagte Matze.

Die tapferen Kinder haben das Wolfsrudel gejagt und das preisgekrönte Huhn des Bürgermeisters gerettet, hieß es in der Zeitung.

»So ein Quatsch!«, platzte Matze heraus. »Das stimmt doch gar nicht.«

»Du darfst nicht glauben, was sie in der Zeitung schreiben«, sagte seine Mama. »Die lügen immer.«

»Ich bin ja nicht mal mit auf dem Foto!«, sagte Matze. Jetzt hatte er Tränen in den Augen.

»Aber es ist doch nett, dass Bruno mit drauf ist«, sagte seine Mama.

Matze schob die Zeitung beiseite und ließ sich schwer auf einen Stuhl fallen. Seine Mama schenkte sich eine Tasse Kaffee ein und begann, in der Zeitung zu blättern.

»Jetzt werde ich nie berühmt.« Matze seufzte.

»Und nun guck mal hier!«, rief seine Mama plötzlich. »Das ist ja Laura.«

Matze warf einen Blick auf die Seite. Dort war ein großes Foto von Laura abgebildet, wie sie vor dem Laden Waffeln verkaufte. *Lauras Waffeln helfen armen Kindern*, stand unter dem Bild.

»Du hast vielleicht berühmte Freunde«, sagte seine Mama und lächelte.

Matze sprang auf. Schnell verließ er die Küche, schlüpfte in seine Schuhe und ging nach draußen.

In der Garage hörte er seinen Papa Gitarre spielen. Matze ging weiter auf die Straße. Auf einem Laternenpfahl saß eine riesige Krähe und sah ihn an. Matze schnitt ihr eine Fratze.

Eigentlich wollte er zu Laura, oder vielleicht lieber zu Bruno? Matze lief los, kehrte aber auf halbem Weg wieder um. Als er am Laden vorbeikam, sah er den Ladenbesitzer. Der war dabei, Bananenkisten zu stapeln. Matze wollte nicht entdeckt werden, aber bevor er sich hinter einem grauen Container verstecken konnte, bemerkte ihn der Ladenbesitzer.

»Aha, du bist das«, sagte er.

»Ja, genau«, sagte Matze.

Der Ladenbesitzer stapelte weiter Bananenkisten.

Matze blieb stehen und sah ihn an.

»Hast du nichts Besseres zu tun?«, fragte der Ladenbesitzer.

»Was zum Beispiel?«, fragte Matze.

»Warum bist du so sauer?«, fragte der Ladenbesitzer. »Du hast doch gewonnen! Du hast das Huhn gekriegt.«

»Ich bin nicht sauer«, antwortete Matze. »Ich hab das Huhn zurückgebracht, aber die anderen sind in die Zeitung gekommen.«

»In die Zeitung?«, sagte der Ladenbesitzer. »Pah, ich pfeif drauf, in irgendeiner blöden Zeitung zu sein.«

»Man muss doch in die Zeitung kommen, wenn man berühmt werden will«, sagte Matze.

»Das Wichtigste ist nicht, berühmt zu werden«, sagte der Ladenbesitzer. »Es kommt darauf an, viel Geld zu verdienen!«

»Wirklich?«

»Wenn ich mehr Geld verdienen könnte, würde ich mir einen Pool für meinen Garten kaufen, vielleicht ein neues Auto und einen neuen Anzug. Einen weißen, den ich im Urlaub anziehen kann! In Italien.«

»Oder China«, sagte Matze.

»Ja«, sagte der Ladenbesitzer. »In China. Ich würde mir einen eigenen Jet kaufen, mit dem könnte ich dann überall hinfliegen.«

»Ein Boot könnten Sie sich auch kaufen«, sagte Matze, »eins, das so groß wie die Stadt Stavanger ist. Darin könnten Sie alle Ihre Freunde mitnehmen.«

»Ja, ein Mega-Boot!«, sagte der Ladenbesitzer. »Ha! Das wär was!«

»Echt cool«, sagte Matze.

Der Ladenbesitzer schüttelte den Kopf. »Jetzt muss ich aber weiterarbeiten. Ich werde ja schließlich nicht reich davon, wenn ich den ganzen Tag rumstehe und träume. Hilfst du mir mit den Kisten?«

»Ich soll arbeiten?«

»Ja, wenn du Geld haben willst, musst du arbeiten.«

»Krieg ich denn auch Geld?«

»Tja …«, sagte der Ladenbesitzer. »Hilf mir mit den Bananenkisten, dann bekommst du auf jeden Fall ein Eis.«

»Und Limo«, sagte Matze.

Der Ladenbesitzer lachte und wuchtete Matze zwei Kisten auf die Arme. Die waren ganz schön schwer. »Mal sehen«, sagte er und stellte noch eine Bananenkiste obendrauf.